Drei Freunde und ein Toyota Starlet auf dem Weg nach Norwegen. Den Polarkreis als mögliches Ziel im Visier. Die Angel im Gepäck, dafür eine Unterhose weniger mit an Bord. Die Räuchertonne natürlich immer dabei.

Drei Freunde, die sich schon seit der Schulzeit kennen und jetzt ohne jegliche Art von Verpflichtungen und Zwängen auf den weiten Weg nach Norden machen. Vier Wochen ohne Plan und echtem Ziel durch Norwegen. Ein Hauch von Freiheit liegt in der Luft und macht sich trotz Platzmangel im Auto breit. Das Abenteuer „Norwegen" kann beginnen.

Der Autor wurde 1972 in Altona bei Hamburg geboren. Hier lebt und arbeitet er immer noch als einfacher Sachbearbeiter, der im Urlaub gerne die freie Sicht in Skandinavien genießt.

Sven Lepthin

# Zwischen Fjorden, Fähren und viel Fisch

## Mit 45 PS durch Norwegen

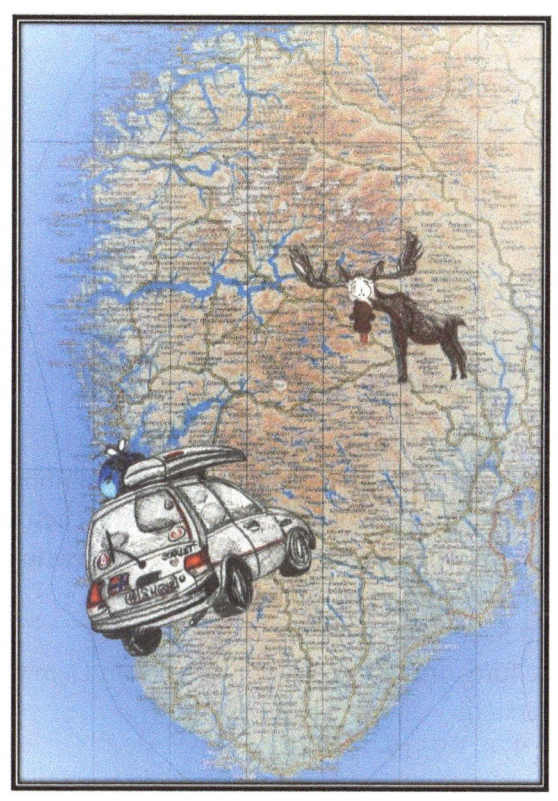

Impressum

Bibliografische Information der Deutschen
Nationalbibliothek: Die Deutsche Nationalbibliothek
verzeichnet diese Publikation in der Deutschen
Nationalbibliografie; detaillierte bibliografische Daten sind
im Internet über dnb.dnb.de abrufbar.
© 2020 Sven Lepthin
Herstellung und Verlag: BoD – Books on Demand,
Norderstedt
ISBN: 978-3-7519-7148-5

Für Hiltrud

# Aufbruch

Es war ein Donnerstag, an dem ich in einer milden Sommernacht durch die Straßen von Hamburg-Altona streifte. Nicht auf dem Heimweg aus irgendeiner Kneipe oder von akuter Schlaflosigkeit in die Straßen der Stadt getrieben. Nein, ich wusste genau wohin ich wollte. Mein Ziel war die Fischersallee. Die Straße in der Kristian wohnte. Die Verabredung stand schon seit Wochen fest und es verging seitdem nicht ein Tag, an dem ich nicht auf diesen Moment hin gefiebert hatte. Die letzte Nacht konnte man getrost als schlaflos bezeichnen. Ich war immer wieder hochgeschreckt und suchte im Dunkeln angespannt mit den Augen die Leuchtziffern der Uhr. Immer mit dem Gefühl der Angst verschlafen zu haben. Der Wecker musste sogar in der Nacht noch einen Funktionstest über sich ergehen lassen, um mein pünktliches Aufstehen auch wirklich sicherzustellen. Letztendlich war ich dann doch noch vor dem Klingeln des Weckers aufgestanden und hatte ihm damit die Chance verwehrt, sein Können doch noch unter Beweis zu stellen.

Mit einer Tasse Kaffee in der Hand nutzte ich die noch verbleibende Zeit bis zum Aufbruch. Lieber noch einmal mein Gepäck kontrollieren. Hatte ich wirklich alles eingepackt? Man wird sehen. Die Zeit wird es zeigen. Ich war jetzt hellwach und bevor ich hier in meiner Küche noch eine unnütze Runde um den Küchentisch drehte und versuchte mit einer weiteren Tasse Kaffee die Zeit totzuschlagen, beschloss ich mich lieber auf den Weg zu machen. Ich konnte ja langsam gehen.

In meinem Kopf drehten sich die Gedanken um das, was kommen sollte. Es war gar nicht so einfach langsam zu gehen. Meine sich stetig steigernde Euphorie beschleunigte immer wieder meine Schritte und ich musste mich immer wieder selber zurückpfeifen, um nicht übertrieben früh anzukommen. Meine Reisetasche war nicht besonders schwer und so belastete sie mich auch nicht allzu sehr auf dem 15minütigen Fußmarsch. Alles was jetzt zählte, waren die nächsten Wochen. Norwegen.

Dank der Bundeswehr hatte ich, nach Beendigung meines Grundwehrdienstes vor einiger Zeit, eine kleine Abfindung in der Tasche und dazu auch noch reichlich Zeit bis zum Beginn meiner beruflichen Ausbildung. Die Abfindung war das Beste an der Bundeswehr und entschädigte für meinen 12 Monate andauernden Ärger über meine verpasste Verweigerung. Warum musste ich die Verweigerung auch solange vor mir herschieben, bis der Brief von der Sophienterrasse in Hamburg im Briefkasten lag? Das Kreiswehrersatzamt lud mich zu einem ersten Gespräch und der Klärung meiner körperlichen Gesamtverfassung ein. Ein kostenloser Gesundheitscheck. Prämierung des Preisochsen. Ich wurde für tauglich zum Dienst an der Waffe erklärt und zu einem olivgrünen Aktivurlaub nach Goslar geschickt. Ab diesem Punkt ergab ich mich meinem Schicksal und ließ die Verweigerung bleiben. Aber das Thema war jetzt auch erledigt und sollte mich nicht mehr weiter belasten. Ich wollte nach vorne blicken. Ich wollte meine derzeitige Freiheit genießen.

Als ich in die Fischersallee einbog, sah ich Kristian schon am Auto warten. Auch ihm war die Aufregung anzumerken. Er sortierte noch irgendwelche Kleinigkeiten, was wohl er zur Beruhigung der

Nerven diente. Vermutlich hatte er auch nur kurz geschlafen und versuchte die Zeit bis zur Abfahrt mit unsinnigen Sortierereien zu verkürzen. Jetzt fehlte nur noch Peter, aber der sollte auch bald da sein. Sein Reisegepäck hatte er schon am Vortag zu Kristian gebracht und somit konnten wir, während wir auf seine Ankunft warteten, das Auto schon soweit reisefertig packen.

Meine Reisetasche passte leider nicht mehr mit in den Kofferraum und fand ihren Platz für die nächsten Wochen auf der Rückbank. Direkt hinter dem Fahrersitz, neben anderem nützlichem und weniger nützlichem Zeug. Eigentlich allem, was ebenfalls nicht mehr in den Kofferraum passte.

Ein Toyota Starlet ist nicht eben ein geräumiges Fahrzeug. Ein Kleinwagen mit drei Türen, 45 PS und eher zur Nutzung im Stadtverkehr ausgelegt, weniger als Reiselimousine. Aber mangels Alternativen mussten wir auf dieses Auto zurückgreifen. Der VW Bus (T3) von Peters Eltern stand leider nicht zur Verfügung. Der konnte zwar auch nur mit 55 gewaltigen Pferdestärken aufwarten und war als ehemaliges Handwerkerfahrzeug eher spartanisch eingerichtet, bot allerdings dadurch aber jede Menge Platz und Raum. Er bot sogar die Möglichkeit sich auf der Rückbank mal langmachen zu können. Eine Ruhebank für gestresste Rücken und Nerven. Eben ein Bus. Eine schlichte Schönheit in Weiß, auf überlackiertem Klempner-Hellblau. Schade. Wir waren uns also im Vorwege eigentlich dem Platzmangel im Starlet bewusst und hatten die Absprache getroffen, dass jeder nur eine Tasche mitnimmt und sich auf das Nötigste beschränkt. Lieber eine Tube Reisewaschmittel mehr mitnehmen war die Devise. Es haben auch alle Mitreisenden versucht sich an diese Absprache zuhalten, nur

Peter und Kristian gelang es nicht ganz. Die hatten zwei Taschen dabei. Damit war ich der einzige „Alle". Der Platz meiner einzelnen Tasche auf der Rückbank war dann auch dem Umstand geschuldet, dass die beiden sich doch nicht so einschränken konnten und deren Taschen natürlich schon im Kofferraum lagen. Dafür hatte ich die doppelte Ration Rei in der Tube in meiner Tasche.

Peter ließ auf sich warten. Die Sonne auch. Noch war es Nacht in Altona. Ich stellte mich neben unser Auto auf die Straße und überbrückte die Wartezeit bis zu Peters Eintreffen mit einer weiteren Zigarette. Beiläufig musterte ich das Fahrzeug unseres Vertrauens. Der Wagen hatte sichtlich schon bessere Tage gehabt. Abnutzungserscheinungen an allen Ecken und Kanten, aber ansonsten gut in Schuss. Auf dem Dach thronte eine lange schmale Dachbox, die wohl eigentlich für den Transport von Skiern gedacht ist. Bei uns diente der Skisarg als Transportbehältnis für die Angelausrüstungen der beiden. Ich hatte mich auch in diesem Bereich eingeschränkt. Meine alte Teleskopangel fand auf 40 cm zusammengeschoben noch wunderbar in meiner Reisetasche Platz.

Aber etwas anderes erregte, bei der Musterung des Autos, meine Aufmerksamkeit. Etwas Blaues, was sich hinter der Dachbox zu verstecken versuchte. Ich ging um unser Expeditionsfahrzeug herum und nahm den Gegenstand genauer unter die Lupe. Direkt neben der Dachbox war ein blauer Müllsack auf dem Dachgepäckträger verzurrt, der einen nicht näher zuerkennenden Gegenstand verbarg. Der Gegenstand hatte eine zylindrische Form, maß in etwa 70 cm in der Länge und etwa 30 cm im Durchmesser. Mein Blick blieb auf diesem Müllsack haften und ich versuchte diesem „Ding" irgendeinen sinnvollen Inhalt zuzuschreiben. Aber ich kam zu keinem schlüssigen Ergebnis. Letztendlich musste ich doch Kristian fragen, was denn dieser komische Müllsack auf dem Dach sein sollte. Kristian erwiderte lapidar, dass Peter gerne seine neue Räuchertonne mit nach Norwegen nehmen möchte. Stirnrunzelnd nahm ich diese Auskunft zur Kenntnis. „Eine Räuchertonne!? Was sollen wir damit?", dachte ich für mich. Ein wenig unpassend fand ich die Tonne auf dem Dach schon. Interessanterweise dachte ich nicht darüber nach, dass ich aufgrund der Tonne zum Beispiel nur eine Tasche dabeihatte. Ich machte mir lieber Gedanken darüber, dass die Aerodynamik unseres Kraftwagens durch die sperrige Tonne nahezu aufgehoben wurde. Ich verwarf den Gedanken und ließ die Jungs gewähren. Ich ging mal davon aus, dass die Jungs wissen was sie tun.

Als Kleinster in der Runde hatte ich dann das Glück, mir auf der Rückbank, zwischen der Lebensmittelkiste, der Kühltasche, den Jacken und meiner Reisetasche, ein kleines Nest bauen zu können. Ein kleiner Hasenbau für die nächsten Wochen.

Aber es war mir alles egal, Hauptsache wir kamen endlich in die Pötte. Die Fähre in Hirtshals wartete schließlich nicht auf drei einfältige deutsche Touristen, in einem eigentlich zu kleinem Auto.

Endlich saßen alle, hatten ihren Platz gefunden und das elektrisierende Geräusch des startenden Motors erfüllte den Raum. Ein Geräusch, welches für die nächsten 4.000 Kilometer unser ständiger Begleiter sein sollte.

Wir rollten. Unser erstes Etappenziel war jetzt der Fähranleger in Hirtshals an der Nordspitze von Dänemark. Um Zehn Uhr am Morgen sollte die Fähre nach Oslo, Norwegen, ablegen. Es lagen jetzt etwa 160 km bis zur dänischen Grenze und noch einmal weitere 360 km Autobahn, quer durch Dänemark, bis zur Fähre vor uns.

Drei Freunde, die sich aus der Schule her kennen und ohne jegliche Art von Verpflichtungen, da alle ungebunden, auf den Weg nach Norden machen. Vier Wochen wollten wir ohne detaillierten Plan und echtem Ziel durch Norwegen reisen. Nur eine grobe Reiseroute sollte uns von Hütte zu Hütte an der Westküste Norwegens entlang, bis zu dem Einzigen fest gebuchten Haus in Norwegens Süden, in der Nähe von Egersund, führen. Der erste Schritt der Reise hieß, soweit wie möglich nach Norden. Im Idealfall bis über den Polarkreis hinaus, auch wenn es nur einen Fußbreit ist. Einmal den Fuß auf die andere Seite setzen und die Mitternachtssonne erleben. Einmal um Mitternacht die Sonne sehen. Keiner von uns hatte bisher dieses erleben dürfen und hofften, mit diesem Erlebnis am Polarkreis einen besonderen Moment in unserem Leben erfahren zu können. Für die weitere Reise sollte das dann auch unser nördlichster Punkt gewesen sein. Ab hier sollte der langsame, aber kontinuierliche Abstieg bis zur Fähre in Kristiansand angegangen werden.

Ein Hauch von Freiheit lag in der Luft und machte sich trotz Platzmangel im Auto breit. Die Vorfreude auf das was kommen sollte steigerte sich bei mir mit dem ersten gefahrenen Meter ins Unermessliche. Das Abenteuer „Norwegen" konnte beginnen.

# Grenzerfahrung

Wir drei waren aufgeregt wie kleine Kinder kurz vor der Bescherung zu Weihnachten und plapperten während der ersten Kilometer ohne Unterlass.

Auf der A7 in Richtung Flensburg wurde noch einmal die Reise-Checkliste durchgegangen. Alles dabei? Unterhosen, Handtücher, Klappspaten, Frühstücksfleisch und der Hela-Ketchup? Die Pässe? Na klar hatte ich meinen Pass dabei und gab diesen schon mal bereitwillig nach vorne. Eventuell konnte es ja eine Passkontrolle an der deutsch-dänischen Grenze geben.

Wenn man gute Laune verbreiten will, dann zeigt man einfach seinen Personalausweis in die Runde. Passfotos sorgen immer für einen Lacher. Man sieht einfach immer komisch aus, selbst wenn man auf dem Foto an sich gut getroffen ist. Aber diese Frisur! Wie blöde hat man bloß früher ausgesehen und vor allem wie jung? Interessanterweise sah ich besonders jung auf meinem Passfoto aus. Zumindest im Vergleich zu den Passfotos von Kristian und Peter. Eine Erklärung für mein junges Aussehen fand Peter auch prompt. Mein Pass war im letzten Jahr abgelaufen. Ich überlegte noch, ob er mich jetzt hochnehmen wollte, aber mir fiel auf, dass mein letzter Besuch beim Einwohnermeldeamt tatsächlich schon einige Jahre zurücklag. Es konnte also wirklich sein, dass mein Pass abgelaufen ist. Eins wurde mir in diesem Moment auf jeden Fall klar. Ein nicht gültiger Pass ist schlecht. Vor allem, wenn man ins Ausland reisen möchte.

Wir fuhren erst einmal weiter in Richtung Grenze. Die weiteren Späße gingen jetzt auf meine Kosten. „Von wo genau fährt eigentlich bei der Grenze der nächste Zug nach Hamburg zurück oder sollen wir Dich in Flensburg absetzen?", war nur eine der vielen merkwürdigen Fragen die ich mir stellen lassen musste. Die beiden Kreativköpfe überschlugen sich förmlich mit guten Ideen. Die Frage, wie man denn am besten über die grüne Grenze nach Dänemark kommt und wo wir uns auf der anderen Seite im Falle eines Falles dann wieder treffen wollten, wurde ausgiebig ausdiskutiert. Oder aber auch die Alternative, ob sie mich in vier Wochen wieder hier an der Grenze abholen sollen. Jeder wollte den anderen noch mit seinen Ideen übertrumpfen und so schaukelten sie sich gegenseitig hoch. Dabei spielten sie sich geschmeidig die Bälle zu, wie einst Beckenbauer und Overath. Die Stimmung in der ersten Reihe des Starlets war bestens. Ich saß schlecht gelaunt auf meiner Rückbank wie seinerzeit Günter Netzer im Finale der WM '74 auf der Ersatzbank und durfte nicht mitspielen. Ich hielt noch immer ungläubig meinen Personalausweis in der Hand und kontrollierte immer wieder das Verfallsdatum. Auf dem Bild war ich wirklich jung. Die Frisur des Jungen, der mich von meinem Personalausweis aus anblickte, war der von Günter Netzer nicht unähnlich. Kurz vor der Grenze waren sich die beiden auf jeden Fall einig, dass ich meinen Whiskey und meine Zigaretten im Auto lassen sollte. Die würden mich nur bei der Querung der grünen Grenze behindern. Es ist schön Freunde zu haben, die von einem nur das Beste wollen. Ich hoffte einfach, dass im Zuge des deutsch-dänischen Abkommens und der damit verbundenen Öffnung der Grenzen keine Passkontrollen mehr stattfinden. Welcher Zollbeamte setzt sich morgens um 5 Uhr in seinen kleinen Glaskasten und kontrolliert harmlose Deutsche, die nur etwas zu viel Alkohol im Gepäck haben?

Die Dänen. Immer für eine Überraschung gut. Und an diesem Morgen saß nicht nur ein Beamter in dem Schaukasten, sondern es waren gleich vier. Drei Beamte, scheinbar mitten in der Ausbildung zum Zollbeamten, drängten sich hinter dem am Schalter sitzenden älteren Herren, der sich uns in voller Uniformpracht und mit viel Lametta an der Brust präsentierte. Der Glaskasten war eigentlich etwas zu eng für so viele Zollbeamte und erinnerte ein wenig an ein überfülltes Terrarium. Die Zollazubis schauten ihrem Ausbilder aufmerksam über die reich verzierten Schulterklappen bei der Ausübung seiner Staatssicherung zu. Was Schlimmeres hätte fast nicht passieren können. Für die Ausbildung war ich ja nun genau das richtige Opfer. Da kann man als Ausbilder alle Register ziehen, Paragraphen reiten und ordentlich was beibringen. Ich stellte mich schlafend. Bekanntermaßen werden Schlafende nicht geweckt und kontrolliert. Wer schläft sieht friedlich aus. Dachte ich. So haben meine Eltern das schon immer in den Sommerferien auf dem Weg nach Dänemark mit uns Kindern gemacht. An der Grenze schlafend stellen, während wir auf den geschmuggelten Weinflaschen saßen. Und es hat immer geklappt, wir wurden nie kontrolliert.

Mein abgelaufener Pass fiel natürlich auf und der gute Mann ignorierte meinen vorgetäuschten Schlaf, wies mich freundlich, aber bestimmt, auf das mir bereits bekannte Ablaufdatum meines Passes hin und bat mich auszusteigen. Das mit dem Schlafen und nicht kontrollieren war wohl noch nicht bis zu diesem Beamten vorgedrungen und auch mein Passbild mit der lustigen Kinderfrisur konnte den Mann nicht von seiner Meinung abbringen, mir den Grenzübertritt zu verweigern.

Wir durften also nicht nach Dänemark einreisen und wurden auf den Seitenstreifen gewunken. Da der Starlet ein Dreitürer ist, musste sich erst Peter vom Beifahrersitz erheben und aussteigen, bevor ich etwas ungelenk mich aus meinem kleinen Hasenbau auf der Rückbank nach vorne, an dem nach vorne geklappten Beifahrersitz vorbei, ins Freie quälen konnte. Das dauerte. Die Beamten hatten aber scheinbar Zeit und beobachteten, ohne eine Miene zu verziehen, meinen wenig grazilen Austritt. Man schickte mich zu den deutschen Kollegen, 150 Meter wieder zurück. In die falsche Reiserichtung. Ich sollte mir gültige Papiere ausstellen lassen, um dann offiziell das dänische Königreich betreten zu dürfen. Auf dem Weg zum deutschen Zoll überlegte ich, wie weit ich wohl gekommen wäre, wenn ich einfach so schnell wie ich kann in die andere Richtung gelaufen wäre. 20 Meter? Vielleicht sogar 50 Meter? Würden die Beamten hinterherlaufen oder gleich schießen? Wie gut können die laufen und schießen? Fragen, die unbeantwortet bleiben, da ich bereits beim deutschen Zoll angekommen bin und in einen der kleinen Glaskästen gebeten werde.

Der deutsche Beamte freute sich mich zu sehen, wohl mein schlechtes Gewissen spürend. Ich war eine gute Abwechslung für seine ruhige Nachtschicht, wie er unumwunden zu gab und stellte mir, angeregt mit mir plaudernd, einen provisorischen Pass aus. Das Ausstellen eines solchen Passes dauerte und so erzählte er, nicht ohne einen gereizten Unterton zu vergessen, von seinen täglichen Problemen mit deutschen Familien, die nach der vermeintlichen Grenzöffnung ohne Pässe an die Grenze rollten und er für fünfköpfige Familien diese Übergangspässe ausstellen durfte. Und das mehrfach am Tag. Je länger er erzählte, umso mehr trat eine unterschwellige Unzufriedenheit zu Tage und sein Erzählton wurde zusehens schärfer. Er redete sich immer mehr in Rage und wetterte so ziemlich gegen alles und jeden. Aber da ich ja etwas von ihm wollte, ließ ich den Beamten gewähren und nahm die Rolle des seelischen Mülleimers gerne an. Es tut ja auch mal gut seine Sorgen loszuwerden. Das Ausfüllen des Provisoriums dauerte und ich begann mir langsam Sorgen um seine körperliche Konstitution zu machen. Ich hoffte, dass ich noch vor dem unvermeidlichen Herzinfarkt meinen provisorischen Pass in den Händen halten konnte. Sein Frust entlud sich vollends, als ein LKW, ohne anzuhalten und ohne großartig die Geschwindigkeit zu mindern, an seinem Häuschen vorbei rauschte. Wutentbrannt lehnte er sich weit aus seinem Fensterchen und brüllte dem LKW hinterher, dass er auch noch da sei und eine gewisse Existenzberechtigung habe. Die Interpretation der offenen Grenze war wohl bei den Reisenden und den Beamten grundverschieden. Ich für mich dachte nur, wenn jetzt noch ein LKW mit der gleichen Geschwindigkeit, wie der gerade von meinem Beamten hinterherbeschimpfte LKW, vorbeigerauscht kommt, dann muss ich mir einen neuen Zollbeamten für meinen provisorischen Pass suchen – soweit, wie der sich aus dem Fenster gehängt hatte!

Das tat zum Glück nicht not und er überreichte mir nach einer gefühlten Stunde meinen „neuen" Pass. Ich war glücklich, er war mit seiner Leistung zufrieden und wünschte mir lächelnd zum Abschied eine schöne Reise. Ich entschuldigte mich noch einmal für meine Unzulänglichkeiten und verabschiedete mich ebenfalls lächelnd in Richtung der dänischen Zollbeamten.

Der Lamettamann prüfte noch einmal eingehend meinen neuen Pass und ließ uns ohne weiteren Kommentar die Grenze passieren. Mir fiel ein Stein vom Herzen. Keine Flucht über die grüne Grenze, keine Rückreise. Wir waren endlich in Dänemark. Und das mit gültigen Papieren.

# Weiter auf der Straße nach Norden

Wir setzten unsere Fahrt mit einem erheblichen Zeitdefizit und weiteren dummen Sprüchen meiner Freunde in Richtung Fähre fort. Allerdings gingen mittlerweile nicht mehr alle Sprüche auf meine Kosten. Dem dänischen Zollbeamten, der während meines Besuches bei den deutschen Kollegen beim Auto stehen geblieben war, war nicht entgangen, dass unser Auto eine erhebliche Delle im vorderen Nummernschild aufwies und deshalb Kristian eines nicht gemeldeten Unfalls bezichtigte. Dem war natürlich nicht so. Die Delle war eine typische Grossstadtblessur, die man sich beim Einparken an einer Anhängerkupplung holt. Aber das Auto hatte schon seine Schwachstellen. Was soll´s, wir konnten endlich die Grenze legal überqueren. Wir ließen den Beamten mit seinen Problemen stehen und fuhren weiter. Dabei schloss Kristian durch kurbeln mit der einen Hand und unter Zuhilfenahme der anderen Hand, die Scheibe nach oben schiebend, das Seitenfenster.

Die lauwarme Nacht hatte nicht zu viel versprochen und der Tag wurde genauso schön wie erhofft. Wir erreichten trotz der Verzögerungen an der deutsch-dänischen Grenze pünktlich das Fährterminal in Hirtshals.

Wie wir feststellen mussten, waren wir nicht die Einzigen, die auf den unzähligen durchnummerierten Fahrspuren auf ihr Fährschiff warteten. Das Warten auf die Fähre dauerte eine gefühlte Ewigkeit und war eine echte Herausforderung für unseren jugendlichen Vorwärtsdrang nach Norden. Der Fährhafen tat sein Übriges dazu, die Wartezeit noch langsamer verrinnen zu lassen. Es gab kaum Abwechslung und das Terminal bot nur wenige lohnenswerte Orte, um sich die Zeit zu vertreiben. Eigentlich gar keine. Das ganze Areal mutete wie ein großer IKEA-Parkplatz an, auf den man nur mit einem Parkschein kommt. Lediglich ein kleines Terminalgebäude und die Laderampen, an denen die Fährschiffe anlanden, versperrten den ansonsten freien Blick über den hier sehr flachen Norden Dänemarks. Kein Kiosk, keine Imbissbude an der man ein Frühstück hätte bekommen können. Nur das Toilettenhäuschen schien etwas Besonderes an sich zu haben, denn da wollten alle rein.

Endlich legte unser Fährschiff an und entließ seine motorisierte Fracht aus seinem stählernen Bauch in die warme Morgensonne. Wie ein Lindwurm kamen unzählige LKWs und Busse aus dem Fährschiff über die Rampe gefahren und machten sich gleich weiter auf den Weg zu den unterschiedlichsten Zielen in ganz Europa.

Nachdem die Fähre entladen war und wir einen gepflegten Parkplatz für unseren kleinen Starlet auf der „Prinsesse Ragnhild" gefunden hatten, suchten wir uns einen windgeschützten Lagerplatz auf dem Sonnendeck.

Glücklicherweise hatten wir keine Nachtfahrt nach Oslo gebucht. Bei Nachtfahrten herrscht Kabinenzwang. Das hätte erhebliche Mehrkosten zur Folge gehabt und so konnten wir doch ein wenig unser Budget entlasten. Wir konnten unser Budget sogar so sehr entlasten, dass wir beschlossen das Gesparte gut zu investieren. Nachdem wir kurz diskutiert hatten, wie eine gute Geldanlage aussieht, verließen wir nach etwa einer Stunde den unbequemen Boden des Sonnendecks, um Taten folgen zu lassen. Es gab nur einen Ort auf diesem Schiff, der für eine sinnvolle Investition in Frage kam. Wir gingen in Richtung Duty-Free-Shop.

Ließen diesen links liegen, folgten weiter dem Gang und suchten die Spielhalle auf einem der unteren Decks auf. Da standen sie, die einarmigen Banditen. Der Ort, an dem man Geld mehren und gleichzeitig Zeitvertreib kaufen kann. Mit Enthusiasmus suchte sich jeder einen gewinnbringend aussehenden Banditen. Wir waren willens die Bank zu sprengen.

Es war eine teure Halbestunde Zeitvertreib. Einzig Peter konnte seinen investierten Einsatz an den einarmigen Banditen wieder rausholen und ging mit einem breiten Grinsen und 300 Kronen mehr in der Tasche zurück zu unserem Lagerplatz. Kristian und ich hatten das Nachsehen. Wir hatten wohl die weniger spendablen Banditen erwischt und im Laufe dieser kurzen Zeitspanne reichlich an Kronen gelassen.

Auch andere verzichteten auf die Option einer Kabine. Es war echt voll und die Leute schliefen oder saßen einfach unter Treppen, in den Fluren oder wo auch immer Platz war. Am späten Nachmittag sollten wir Oslo selber erst erreichen. Da Peter seine gewonnenen Kronen nicht noch einmal als Einsatz bei den einarmigen Banditen riskieren wollte und Kristian und ich sowieso kein Glück bisher an diesen Kronengräbern hatten, passten wir uns den anderen Reisenden an und versuchten auch noch etwas Schlaf nachzuholen. Auf einem windgeschützten Plätzchen konnten wir tatsächlich noch drei freie Liegestühle ergattern. Welch ein Glück. Die waren bequemer, als der nackte Fußboden und man war zudem den durch die Antriebsmaschinen verursachten Vibrationen in den Decksböden nicht so ausgesetzt. Man klapperte unweigerlich mit den Zähnen, wenn man direkt auf dem Boden lag. Wir wollten ja ausgeruht Oslo erreichen.

Oslo sollte nur als Startpunkt für unsere Reise gen Norden dienen. Oslo hatten wir bereits vor einigen Jahren ausgiebig besucht.

Während unserer Schulzeit bot unsere Schule eine zweiwöchige Studienreise nach Norwegen an, die uns einmal durch Südnorwegen führte. Von der zentral gelegenen Jungendherberge aus, hatten wir die Museen und andere kulturell wichtigen Stationen dieser Stadt besichtigt. Eigentlich alles, was Jugendliche zwischen 15 und 17 Jahren so gar nicht interessiert. Beispielsweise der Vigeland Skulpturenpark, mit seinen grauen Figurenhaufen, konnte kaum einen von uns reizen. Die dicken, nackten, aus Stein und Bronze geformten Menschen, die sich ineinander verknoten, sich dabei zu Säulen aufbauen, schafften es einfach nicht mit uns in einen Dialog zu treten und uns ihre Message zu vermitteln. Das Kunstinteresse hielt sich bei uns Schülern noch in Grenzen und die Symbolik in den ausgestellten Skulpturen, erschloss sich uns noch überhaupt nicht.

Die Museumsinseln standen ebenfalls auf dem Programm. Alte Wikingerschiffe wurden ausgiebig betrachtet und als gesehen abgehakt. Als Jugendlicher konnte ich dem Ganzen wenig abgewinnen. Altes Holz, das angeblich mal die Weltmeere befahren haben soll. Das Schiff von Wickie dem Wikinger sah irgendwie anders aus. Der historische Bezug und seine Bedeutung für die Entwicklung des internationalen Handels Norwegens mit dem Rest der Welt fehlte mir damals noch komplett. Aber ich war nicht der Einzige in der Gruppe, der mit Desinteresse die Museumsbesuche über sich ergehen ließ. Schade, dass mir damals noch nicht der Sinn nach solchen Kunstschätzen und historischen Zeitdokumenten stand. Jetzt, wo ich wieder in Oslo bin, würde ich liebend gerne das

Munch-Museum einmal besuchen, aber unsere Zeit ist begrenzt und der Plan sieht etwas ganz anderes vor. Dieses Mal hat Kultur keinen Platz bei uns.

Aber es gab damals auf der Studienreise auch Orte, die bei mir Begeisterung auslösten. Beispielsweise der Besuch des Holmenkollen und dem dort ansässigen Skimuseums. Die Besichtigung der Skisprungschanze brachte Gänsehaut in die Gruppe und voller Staunen standen wir in dem Starthäuschen auf der Spitze der Schanze. Ich glaube, es gab nicht einen, der nicht voller Ehrfurcht die Schanze hinabblickte und seinen eigenen Skisprung im Geiste durchexerzierte. Als Nichtskifahrer flößte mir der Blick von dem sehr hoch gelegenen Starthäuschen, die sehr steil nachunten laufende Loipe, bis zum Schanzentisch runter, ordentlich Respekt ein und die Vorstellung da runterfahren zu müssen, ließ mich an der Zurechnungsfähigkeit einiger Menschen zweifeln. Die Auslaufzone wirkte von oben gesehen so klein, dass man Angst haben musste, diese beim Sprung zu verfehlen. In etwa vergleichbar mit dem Sprung im Schwimmbad vom Fünfmeterturm. „Ist der Beckenrand nicht etwas zu nah ans Wasser gebaut worden?" Eine merkwürdige Sportart das Skispringen. Mir waren die Schwimmer in der Auslaufzone der Schanze lieber. Im Sommer ist der Bereich keine Wiese, sondern ein Freibad. Effektive Ganzjahresnutzung. Aber der Blick von der Schanze über die Stadt war für mich das eigentlich beeindruckende und lenkte von meinen Skisprungfantasien ab. Bis weit in den Oslofjord konnte man den Blick schweifen lassen und die unfassbar schöne Lage von Oslo begreifen.

Was mich ebenfalls in den Bann zog, waren die von Thor Heyerdahl zusammengezimmerten Schiffe, mit denen er die Weltmeere befuhr und damit experimentelle Archäologie betrieb. Thor Heyerdahl baute nach dem Vorbild der alten Ägypter und alten Überlieferungen aus Südamerika zwei Schiffe aus Papyrus und Schilf, die er beide „Ra" nannte. Er wollte beweisen, dass eine Querung des Atlantiks in Ost-West-Richtung weit aus früher stattgefunden haben könnte, als es bisher angenommen wurde. Genauso suspekt mutete die Kon-Tiki von Thor Heyerdahl an. Eine weitere Pioniertat von großer Strahlkraft. Das aus Balsaholz handgefertigte Floß, sollte die Möglichkeit der Besiedlung von Polynesien noch vor der Inkazeit beweisen, was ihm im Jahre 1947 auch auf abenteuerlichste Weise gelang.

Ein wirklich abenteuerliches Unterfangen und ein noch abenteuerlicheres Leben, das Thor Heyerdahl gelebt hat. Diese Schiffe weckten mein Interesse mehr, als die halb verrotteten Wikingerschiffe, die bestimmt auch ihren Platz in der Geschichte haben sollten. Aber aufgrund der ausgestellten Zeitdokumente in Form von Fotos und anderen Memorabilien, konnte ich mich mehr in das Abenteuer „Entdeckungsreise" hineinversetzen, als in das Leben der Wikinger. Welch ein Abenteuer mit einem in Leichtbauweise gefertigtem Floß in See zu stechen und den Pazifischen Ozean zu queren. Ich wäre zugegebenermaßen, mit dem Schiff nicht einmal über die Elbe gefahren, aber die Geschichte faszinierte mich und weckte den kleinen Forscher in mir.

Ein Vergleich der Kon-Tiki mit unserem Toyota Starlet wies einige Parallelen auf. Klein, unkomfortabel und langsam. Doch einen entscheidenden Unterschied gab es - Polynesien hat Thor

Heyerdahl erreicht. Ob wir unser Ziel mit unserer „Kon-Tiki"
erreichen werden, stand noch offen.

# Ankunft

Die mehrstündige Fahrt durch den Oslofjord hat etwas sehr Eigenes. Der Fjord gibt einen ersten Vorgeschmack auf das, was einen noch in diesem Land erwartet. Zumindest bei mir machte sich nach einer eher drögen Überfahrt wieder absolute Urlaubsfreude breit, als sich vor dem Bug unseres Schiffes der Oslofjord auftat. Wie ein Trichter schien der Fjord unser Fährschiff aufzusaugen. Die das Ufer bildenden, aus dem Wasser zunehmend höher und steiler aufsteigenden Felswände, rückten dem Schiff immer mehr auf die Pelle.

Der Fjord verjüngt sich während der weiteren Fahrt zusehends, bis die Felswände zum Greifen nah scheinen. Links und rechts kleben, wie Pickel oder Pocken, kleine bunte Sommerhäuser an den Felsen und abenteuerliche Treppen winden sich von den höher gelegenen Häusern die Felswand hinab, bis sie am Ufer in den obligatorischen Bootsanleger, mit dem hauseigenen Boot, münden. Dann öffnet sich der Fjord wieder. Die steilen Felswände weichen zur Seite und der Blick wird wieder freigegeben auf ein fantastisches Panorama. Am Horizont erscheint langsam die Skyline von Oslo. Ergreifend schön.

Am Fjordende erwartet uns die Hauptstadt Norwegens. Umrahmt von Bergspitzen mit kleineren Schneefeldern und grünen Wäldern. Auf der linken Hand sind Skipisten an den Berghängen zu erkennen. Auf der rechten Seite passieren wir gerade einen endlos erscheinenden Wald. Nur vereinzelte Häuser lugen hinter den Tannen hervor. Was für eine Lage, welch eine Skyline.

Mein Blick wandert über die Silhouette der Stadt und bleibt unvermittelt an, sagen wir mal, einem etwas plump in die Stadt geworfenen Bauklotz, hängen. Ein roter, überdimensionierter, zweitürmiger Klinkerbau sticht aus dem Ganzen heraus und unterbindet den barrierefreien Rundumblick auf das Panorama. Selbst wenn man sich bemüht dieses Unikum zu ignorieren, es nützt nichts. Es ist ein Eyecatcher. Ein Wahrzeichen in Bauklotzdesign und nebenbei das Rathaus von Oslo. Aber es ist wohl auch das meist diskutierte Gebäude in Oslo. Vielleicht sogar in ganz Norwegen. Nun ja, ob ein Fischer auf den Lofoten viele Gedanken über das Erscheinungsbild eines Gebäudes verschwendet, welches in etwa 1.300 Kilometer von seiner Fischerhütte am Atlantik entfernt steht, sei natürlich dahingestellt. Hässliche Standuhr (Volksmund - die Uhr an dem einen Turm ist weithin sichtbar) oder eine architektonische Offenbarung? Man findet keine Einigung. Man versucht zumindest alles drum herum in einem anderen Stil zu errichten, um den Bau etwas unauffälliger zu machen. Eigentlich wurde in den letzten Jahren nur eine Wand aus Glas und Beton in Form einer neuen Hafen City vor das Rathaus gebaut, um es etwas zu verstecken und seine Dominanz in der Skyline zu nehmen. Ich habe keine Ahnung von Architektur, aber je länger ich dieses Gebäude auch heute noch betrachte, umso unschlüssiger werde ich in meiner Meinung. Ich würde es als hässliche architektonische Offenbarung bezeichnen, welches einen großen Schatten wirft. Das Gebäude, in dem über die Vergabe des Friedensnobelpreises entschieden wird, der ehemalige Westbahnhof, wirkt dagegen klein und blass und verliert sich geradezu in seinem Schatten.

Aber wir wollen ja auch nicht Oslo besuchen, sondern unseren Weg auf der Hauptverkehrsader des Landes, der E6, nach Norden fortsetzen. Noch einmal an der Grenzkontrolle schwitzen und auf eine kostenlose Einfuhr unserer, etwas über dem erlaubten Limit liegenden, Alkoholvorräte hoffen. Dank meines neuen Passes, kann ich die Kontrolle sogar ohne mich schlafend zu stellen genießen.

Zu meiner Enttäuschung gab es keine nennenswerte Kontrolle. Niemand von den norwegischen Grenzbeamten interessierte sich für meinen schönen neuen provisorischen Pass.

Wir suchten uns den schnellsten Weg aus der Stadt. Die gute alte Faltkarte, die den gesamten vorderen Innenbereich des Autos, inklusive der Windschutzscheibe, einnahm, sollte uns dabei helfen. Auf ein Navigationsgerät hatten wir verzichtet. Nicht, weil wir uns dem verweigerten; es hatte einfach schlichtweg keiner eins von uns. Die Entwicklung des Smartphones steckte zu diesem Zeitpunkt noch in den Kinderschuhen und stand uns als Navigationshilfe entsprechend ebenfalls nicht zur Verfügung. Also griffen wir auf das Kartenmaterial zurück, das jeder von uns so beisteuern konnte.

Die Karten, der Navigator auf dem Beifahrersitz und der Steuermann harmonierten noch nicht ganz miteinander. Karte, Beifahrer und Fahrer in Einklang zu bringen, bedurfte einer gewissen Eingewöhnungsphase, die uns zu meinem Vergnügen noch zwei unfreiwillige Runden durch die Stadt bescherte und uns die Möglichkeit gab, noch zweimal der Fähre im Hafen auf Wiedersehen sagen zu können. Irgendwann fand die vordere Sitzreihe im Auto mit dem Austausch an Informationen langsam zueinander und wir den Weg aus der Stadt. Die E6 begrüßte uns mit der Ankündigung von Lillehammer und dem Nordkap. Lillehammer sollte schnell erreicht sein. Das Nordkap sollte noch ein bisschen auf sich warten lassen. „2.000 Kilometer" stand auf dem Schild. Das war weit, aber auch nicht unser angestrebtes Ziel. Wir wollten erst einmal nur versuchen auf der E6, soweit es ging, gen Norden zu kommen. Im besten Falle bis zum Polarkreis.

# Der Polarkreis ist das Ziel

Die E6 ist bis Trondheim eine bessere Landstraße. Man kommt durchaus gut voran, wenn sich nicht gerade Lastwagen, Traktoren oder Teilnehmer des alljährlichen Fahrradrennens von Trondheim nach Oslo vor einem auf der Straße tummeln. An mehr als 80 km/h ist auf dieser Straße trotzdem nicht zu denken. Aber es ist in Norwegen immer noch die größte und schnellste Route, um in den Norden zu kommen. Vor allem ist die Route ausgesprochen reizvoll. Man hat kaum den letzten Vorort von Oslo verlassen, da kann man schon bei Lillehammer den olympischen Geist von 1994 auf sich wirken lassen. Skipisten und Skisprungschanzen, soweit das Auge reicht. Danach wird es ruhiger und die Zivilisation räumt das Feld für sagenhaft schöne Landschaften. Nur sporadisch wird die Natur von kleineren Orten unterbrochen, bis man nach vielen Stunden Fahrt langsam das Hochplateau des Dovrefjell-Sunndalsfjella-Nationalparks erklimmt. Unser, zu durchfahrendes, Hochplateau bietet sehr wenig, bis gar keine Zivilisation. Die höchste Erhebung liegt hier bei stattlichen 2.286 Metern und im Frühsommer kann auch in den tieferen Lagen partiell noch mit Schneefeldern gerechnet werden. Auf der Fahrt über die E6 umgibt einen über sehr lange Zeiträume sehr viel Landschaft und Natur. Und die will bewundert werden. Das Gute ist, es stört einen keiner dabei. Man ist die meiste Zeit sehr alleine auf der Straße unterwegs. Nur wenige Autos kommen einem entgegen und man hat viel Zeit zum Nachdenken. Zum Beispiel darüber, was in dieser wenig erschlossenen Gegend alles passieren kann? Vor allem, wenn man so schlecht für Notfälle ausgestattet ist wie wir. „Haben wir eigentlich ein Reserverad dabei?", frage ich gedankenverloren mit Blick auf die Landschaft nach vorne. „Nee, aber einen Klappspaten und eine Räuchertonne", erhalte ich als Antwort. Ganz schön blauäugig, wie schlecht ausgerüstet wir uns in diese Wildnis begeben. Aber wir sind jung, wir haben Elan, wir werden uns im Falle eines Falles zu helfen wissen. Und wieso sollten wir überhaupt eine Panne haben? Wir schenken unserem Auto das Vertrauen. Wenn man ahnungslos ist, verschwendet man wenige Gedanken über das was passieren könnte. Dadurch hat man auch mehr Luft um über andere, schönere Dinge zu sinnieren. Man hat viel Zeit sich da was auszudenken.

Die Gegend, die wir hier durchfuhren, erinnerte mich stark an die Hardangervidda. Ein sehr geräumiges Hochplateau, das zu einem Nationalpark erklärt wurde und kaum Annehmlichkeiten der zivilisierten Welt bietet. Die Hardangervidda liegt allerdings weiter im Süden und deutlich westlich der E6. Einen kleinen Teil der Hardangervidda hatten wir drei im Zuge unserer Studienreise ein paar Jahre zuvor schon einmal durchwandert und in einer einfachen, aber wunderschönen Herberge, Spiterstulen, über Nacht Rast gemacht. Die Hardangervidda weitet sich auf 8.000 Quadratkilometern aus und entspricht damit in etwa der Hälfte der Grundfläche von Schleswig-Holstein und ist deutlich größer, als unser jetzt zu durchfahrender Nationalpark. Es ist wirklich sehr einsam hier oben, aber auch wahnsinnig schön. Soviel Natur hat man in Hamburg wirklich nicht am Stück. Soweit das Auge blickt, man sieht nicht ein Zeichen von Zivilisation. Weder Häuser, Strommasten, anderweitige Straßen oder McDonalds. Die Schönheit relativiert sich allerdings, wenn man – so abwegig es auch erscheint - eine Autopanne hat. Der ADAC, hier ist es ja Falck, wäre vermutlich nicht innerhalb der nächsten Stunde zur Stelle. Wir wollen es nicht ausprobieren.

Unsere Planung sah keinen Wanderstopp vor und so passierten wir im Dämmerlicht die Hochebene und folgten der E6 weiter in Richtung Trondheim. Es war Juni und wir befanden uns somit kurz vor Mittsommer, der Sommersonnenwende. Der längste Tag des Jahres stand vor der Tür. Wenn man den Polarkreis überschritten hat, dann geht an diesem Tag die Sonne 24 Stunden lang nicht unter.

Die Nächte waren mittlerweile echt kurz und unser eigentliches Ziel lag hinter dem Polarkreis. Wir wollten Licht nonstop. Bis zum Polarkreis sind es nicht zwingend viele Kilometer, von Oslo aus gerechnet, nur etwa 950 Kilometer, aber vor allem verbraucht diese Strecke viel Fahrtzeit. Mit maximal 80 km/h ist ein Vorankommen auf der E6 eher schleppend. Es ist halt wirklich nur eine bessere Landstraße.

Ein echtes Ziel hatten wir eigentlich nicht da oben. Unsere Vorstellung war es, den Polarkreis zu überqueren, uns zu feiern, irgendwo dann einen Campingplatz mit Holzhütten zu finden und uns dort einzuquartieren. Alles Weitere wollten wir dann vor Ort sehen. Ein Durchstarten bis zum Nordkap wäre garantiert auch reizvoll gewesen. Die Lofoten auf dem Weg nach ganz oben als Zwischenstopp noch mit einzuschieben sicherlich auch. Aber wir wollten realistisch bleiben. Das Auto war kein passendes Fahrzeug für solch einen Trip. Das wäre vergleichbar mit der Bewältigung des Jakobsweges in FlipFlops. Bestimmt machbar, aber nicht empfehlenswert. Zudem fehlte uns einfach die Zeit.

Die Fahrt zog sich in die Länge und man wurde das Gefühl nicht los, dem Polarkreis nicht näher zu kommen. Wie Kaugummi zog sich die Strecke. Auf meiner Rückbank versuchte ich mir es so gemütlich wie möglich zu machen. Es endet damit, dass ich auf dem Rücken liegend, die Beine im Schneidersitz an die Seitenscheibe drückte und in dieser Haltung tatsächlich einige Stunden schlafen konnte. Kristian und Peter wechselten irgendwann den Wagenlenkerplatz, wovon ich nichts mitbekam. Brauchte ich auch nicht. Ich konnte eh´ nicht helfen. Ich hatte keinen Führerschein.

Ab Trondheim wurde die Fahrt anstrengend. Das Sitzen fiel immer schwerer, die Pausen folgten in immer kürzeren Abständen und langsam dämmerte der Morgen. Sofern man am Polarkreis davon sprechen kann. Wir waren jetzt schon 11 Stunden unterwegs und eine Übernachtungsmöglichkeit war ebenso wenig in Sicht, wie der Polarkreis. Die Müdigkeit forderte ihren Tribut. Wir entschlossen uns, knapp unterhalb des Polarkreises, die Hauptstraße zu verlassen und uns Richtung Küste durchzuschlagen. Die Straßen wurden schlechter und mittlerweile fuhren wir auf mit Schlaglöchern übersäten Schotterpisten. Wir wurden immer langsamer und versuchten immer eifriger die schlimmsten Schlaglöcher zu umfahren. Wir schlichen mit 20 km/h durch Norwegen im Nirgendwo. Das Auto und seine Insassen wurden ordentlich durchgeschüttelt und wir rechneten jeden Moment mit der Kapitulation eines Reifens vor den scharfen Schottersteinen oder dem Versagen aller Stoßdämpfer. Das Auto ächzte und stöhnte. Alle hofften auf ein baldiges Ende dieser Piste. Wir sehnten uns nach richtigem, glattem Asphalt. Zumindest schaffte es diese Holperpiste alle wach zu halten. Was etwas an dieser Straße irritierte, waren die aufgestellten Straßenschilder. Demnach durfte man auf dieser Piste mit 90 km/h fahren. Wir lachten und amüsierten uns über den schrägen Sinn für Humor der Norweger, während wir weiter, im Schneckentempo über die Straße schaukelten und weiterhin bis zum Erbrechen durchgerüttelt wurden. Erst als ein Norweger mit gefühlten 90 km/h uns überholte und uns in einer dicken Staubwolke zurückließ, verstanden wir die Geschwindigkeitsempfehlung und schämten uns ein wenig für die bösartigen Unterstellungen gegenüber den Norwegern. Wir gaben jetzt auch unserem Auto die Sporen und je schneller wir fuhren, umso ruhiger wurde erstaunlicherweise die Fahrt. Für das Auto war die Fahrbahn noch immer eine Tortur, aber wir segelten jetzt förmlich über die Schlaglöcher und wir mussten uns eingestehen, dass wir noch viel über den Umgang mit den norwegischen Straßen zu lernen hatten.

Nach fast 14 Stunden Fahrt, war es nicht einfach, noch die Ruhe zu haben, einen Campingplatz nach irgendwelchen Kriterien auszusuchen und so folgten wir den erstbesten Schildern und landeten schlussendlich bei einem Ort namens Sandnessjøen. Etwas außerhalb der eigentlichen Stadt, auf einem kleinen Campingplatz.

Wir fielen erschöpft aus dem Auto. Nach dieser Fahrt mussten sich alle erst einmal ausgiebig strecken und die Bandscheiben neu sortieren. Das war eine verdammt lange Fahrt gewesen. So schön ein Toyota Starlet auch ist, als Expeditionsfahrzeug ist er nicht zu empfehlen.

Es war bereits der Morgen angebrochen. Eigentlich Zeit zum Aufstehen. Die Sonne stand schon wieder über dem Horizont und versuchte den Bodennebel mit seinen wärmenden Strahlen zu verscheuchen. Die Müdigkeit war erstaunlicherweise bei uns allen wie weggeblasen, als wir die salzige Morgenluft gierig aufsogen. Die Luft war frisch und die Sonne wirkte wahnsinnig belebend. Wir blickten uns um und stellten fest, wir hatten einen Traum von einem einsamen Platz gefunden. Fünf einfache Hütten am Rande einer unebenen Rasenfläche. Hütten, wie man sie auch im Baumarkt als Gartenhäuschen kaufen kann. Der Platz wirkte wie ein Pfadfinderlager ohne Zelte. Nur kleine Hütten, die in einem weiten und offenen Halbkreis, um eine nicht vorhandene Feuerstelle, standen. Auf der anderen Seite der Wiese stand das gemeinschaftliche Waschhaus. Irgendwo auf der Wiese hatte sich noch ein Wohnmobil an den Rand gestellt und noch etwas weiter den Hang hinab, hinter einigen Büschen, schien noch ein Zelt zu stehen. Ansonsten war niemand zu sehen. Ein bisschen Dornröschenschlaf lag über diesem Ort. Jetzt konnten wir nur hoffen, auch tatsächlich noch eine freie Hütte zu bekommen. Auf eine weitere Autofahrt und eine neuerliche Suche nach einem Schlafquartier hatte wirklich keiner von uns mehr Lust.

Noch war niemand, der für den Campingplatz verantwortlich zeichnete, vor Ort. Bei dem kleinen Büro an der Seite des Waschhauses hing nur eine, mit einer Reißzwecke an die Tür gepinnte, laminierte Preisliste und ein Körbchen, in das man die Tagesmiete werfen konnte. Ich bewunderte noch schnell das Vertrauen, welches man seinen Gästen schenkte und warf das Geld ein. Erste Hürde erledigt, erste Hütte gemietet. Gut, dass wir im Vorwege bereits norwegische Kronen gewechselt hatten und jetzt problemlos die Miete für die erste Nacht zahlen konnten. Wir hatten freie Auswahl bei den Hütten. Keine war vermietet, beziehungsweise bewohnt. Zumindest nicht von Menschen. An allen fünf Hütten steckten die Schlüssel von außen im Schloss. Ein innerer Jubelschrei bebte in mir. Wir hatten für heute ein Ziel erreicht und eine Bleibe gefunden. Wir suchten uns eine von den fünf Hütten aus und zogen, erleichtert einen Schlafplatz gefunden zu haben, ein. Die Einrichtung der Hütte war einfach, aber ausreichend. Bestehend aus zwei Etagenbetten, einem Kühlschrank und einem Tisch, der von vier einfachen Stühlen bewacht wurde. Insgesamt die Art von Möblierung, die man nicht mehr im Möbelfachgeschäft bekommt, sondern auf Antik- und Trödelmärkten. Weitere ungebetene Bewohner waren nicht anwesend.

Bevor wir diesen Tag endlich beendeten, beschlossen wir nach der langen Fahrt noch einmal uns die Beine zu vertreten und kurz die Umgebung zu erkunden. Wir brauchten gar nicht so weit zu gehen, um unsere Pläne gleich wieder über den Haufen zu werfen. Unser Erkundungsmarsch endete bereits nach wenigen Metern. Als wir hinter den Hütten durch die Büsche traten, traf uns fast der Schlag. Direkt vor uns öffnete sich der Blick auf das offene Meer. Hier und da lugte ein Felsen aus dem Wasser, der in der noch tiefstehenden Morgensonne glänzte. Direkt hinter unserer Hütte lag das schönste Panorama, was ich bisher in meinem Leben gesehen hatte. Und mit der Einschätzung war ich wohl nicht ganz alleine. Eigentlich waren wir alle müde und abgeschlafft, aber der Blick vom Felsen über die Felseninseln, die sich im Ausläufer des Atlantiks tummelten, ließ jede Müdigkeit vergessen. Wir standen schweigend und ehrlich ergriffen auf unserem Felsen hinter der

Hütte und blickten in die goldene Morgensonne. Der Rest des Campingplatzes spielte für uns vorerst keine Rolle mehr.

Nachdem wir uns wieder gefangen hatten, stellten wir fest, dass wir etwas oberhalb einer in den Felsen geschlagenen Slipanlage standen. Diese mündete in einen alten Bootsschuppen, vor dem ein schönes, altes Ruderboot lag. Und was macht man, wenn man einen solchen Ort entdeckt hat und die ausgeschütteten Glückshormone neue Energien in einem freisetzen? Richtig, man geht Angeln. Auspacken kann man auch noch später und auch die Erforschung des restlichen Teils des Campingplatzes kann in solch einem Moment warten. Ohne das Boot zu nutzen, stellten wir uns ans Ufer und genossen das Auswerfen der Angelruten. Es umgab uns eine himmlische Ruhe und eine glückliche Zufriedenheit machte sich in mir breit. Nach einer gefühlten Unendlichkeit voller Motorenlärm in den Ohren, war es eine Wohltat mal nichts außer vereinzelten Möwenschreien und das ganz leichte Schlagen der Wellen ans Ufer zu hören. Nach etwa einer Stunde und ohne Fang, hatte uns die Müdigkeit dann doch wieder eingeholt und wir beschlossen den ersten Tag an dieser Stelle nun wirklich zu beenden.

# Sandnessjøen

Unser Tagesrhythmus war, aufgrund der morgendlichen Anreise und dem ständigen Licht, schon am ersten Tag komplett durch einander geraten. Wir schliefen zwar nur bis mittags, weil uns das Licht durch die dünnen Gardinen unserer Hütte weckte, aber nach nur 6 Stunden Schlaf, kam von uns keiner so richtig aus dem Quark und das erste Frühstück fand dann letztendlich auch erst gegen drei Uhr am Nachmittag statt. So zog sich der eigentliche Tagesbeginn in den frühen Nachmittag hinein. Die Anfahrt steckte allen noch sichtlich in den Knochen. Von jugendlicher Dynamik war bei uns noch nicht so viel zu spüren.

Auf dem Weg zum Waschhaus traf ich tatsächlich den ersten Menschen seit unserer Ankunft. Ein älterer Herr, der auf seinem Aufsitzrasenmäher den Rasen mähte und einen Höllenlärm dabei veranstaltete. Irgendwie kam mir das aus anderen Urlauben bekannt vor und rollte unweigerlich mit den Augen. Ständig wird immer irgendwo der Rasen gemäht. Ob bei deutschen Laubenpiepern oder in dänischen Ferienhaussiedlungen. Und jetzt hat man nicht einmal in Norwegen vor diesen Dingern ruhe.

Als er mich sah, machte er sofort kehrt und fuhr direkt auf mich zu. Neben mir kam er abrupt mit seinem kleinen Traktor zum Stehen, ohne aber den Motor und das Mähwerk abzuschalten. Er stand so dicht bei mir, dass ich den Wind der rotierenden Klingen unter seinem Rasenmäher an meinen nackten Beinen spüren konnte und hoffte, alle meine Zehen behalten zu dürfen. Ohne weitere Umschweife oder überflüssige Begrüßungsfloskeln fragte er lautstark, um gegen seine knatternde Höllenmaschine auch anzukommen, ob wir Whiskey dabeihätten. Die Frage bestand eigentlich nur aus einem Wort. International verständlich und fast unmöglich aufgrund von Sprachbarrieren nicht verstanden zu werden. „Whiskey?" Etwas irritiert bezüglich der mir gestellten Frage, antwortete ich vorsichtshalber erst einmal mit einem ebenfalls international verständlichem kurzen „No". Das war zwar gelogen, aber ich hielt diese Notlüge in diesem Falle für angebracht. Er hob die Hand zum Gruß, ließ den Motor seines Mähers aufheulen und fuhr fort, seine angefangene Arbeit zu verrichten. Ich setzte auch meinen eingeschlagenen Weg zum Waschhaus fort, nicht ohne aber vorher noch einmal die Anzahl meiner Zehen zu überprüfen. Erst dann begann ich über das eben geführte Gespräch zu sinnieren. Warum stellte er diese Frage, es ist doch erst 14 Uhr am Morgen? Wollte er jetzt schon einen mit mir schnasseln? Ich werde diese Frage noch einmal beim Frühstück auf den Tisch bringen.

Die Dusche tat ausgesprochen gut und ich fühlte mich trotz der langen Anfahrt und der wenigen Stunden Schlaf jetzt ausgeruht und voller Tatendrang. Körperpflege und eine frische Unterhose lassen einen neuen Tag doch gleich ganz anders Beginnen. Jetzt fühlte ich mich bereit Norwegen zu begrüßen.


Das Frühstück war übersichtlich. Wir trugen den Tisch vor die Hütte und beschlossen unser erstes Frühstück in Norwegen im Freien einzunehmen. Die Sonne schien und ein angenehmer Seewind sorgte für Erfrischung. So schön das Wetter, so schlicht unser Frühstücksbuffet. Unser Tischleindeckdich bot leider nicht mehr als trockenes Brot, Margarine, ein Glas Erdbeermarmelade, Frühstücksfleisch aus der Dose und Curry-Ketchup. Aber wir saßen draußen, das Wetter war gut, der Campingplatz und seine Umgebung entpuppten sich bei Tageslicht betrachtet als Volltreffer und wir hatten uns drei Tage Rast verordnet, bevor wir wieder aufbrechen wollten. Was will man mehr. Da fiel das ballaststoffarme Essen nicht ins Gewicht und hatte keinen bremsenden Einfluss auf die herrschende gute Laune.

Ich trug die Geschichte mit dem Rasenmähermann noch einmal vor, da mich die Frage nach dem Whiskey noch immer beschäftigte. So ganz genau konnten wir den Hintergrund der uns gestellten Frage am Ende nicht klären, einigten uns aber darauf, dass aufgrund der strengen Alkoholreglementierung und der vor allem noch höheren Alkoholpreise, der gute Mann wohl versuchte über deutsche Touristen billiger an Fusel zu kommen. Wir beließen es dabei und begannen den Tag einfach laufen zu lassen.

Peter widmete sich seinem Angelkasten und begann Angelvorfächer zu basteln. Eine sehr meditative Tätigkeit, die den Puls schnell runterbringen kann. Bei dicken Fingern kann es aber auch schnell andersrum gehen. Peter hatte dicke Finger, blieb aber trotzdem ruhig. Mit seiner unnachahmlichen Gelassenheit fummelte er die Haken, Perlen, Bleie und Ösen aneinander und präsentierte uns stolz drei neue Vorfächer für den Plattfischfang. Peter war sich sicher einen sandigen Untergrund in der nahegelegenen Bucht ausgemacht zu haben. Kristian und ich waren uns da nicht ganz so sicher.

Während Peter fleißig am Basteln war, nutzten Kristian und ich die freie Wiese für eine gepflegte Partie Federball. Selbst das Badmintonset hatte, dank meiner sparsamen Ein-Taschen-Politik, noch Platz im Auto gefunden.

Für den geplanten Angelausflug griffen wir uns den Klappspaten (ja, auch der hat noch seinen Platz im Auto gefunden) und gingen an den kleinen Sandstrand, der dank herrschender Ebbe frei lag. Das bisschen Watt reichte, um nach Wattwürmern zu suchen. Der richtige Köder zur rechten Zeit, ist das entscheidende Kriterium für einen erfolgreichen Angelausflug.

Wir hatten uns vorgenommen, das Boot, welches wir am Vortag vor dem Bootsschuppen gesehen hatten, zu nutzen und einmal auf den Fjord hinauszufahren. Wir waren uns nicht ganz sicher, ob dieses Boot überhaupt den Gästen des Campingplatzes zur freien Verfügung stand. Aber ein Flyer an der Hausverwaltungswand mit dem Bezahlkörbchen vermittelte uns den Eindruck dieses Boot frei nutzen zu dürfen. Zumindest übersetzten wir uns den auf Norwegisch geschriebenen Zettel mit einem Ruderboot drauf zu unseren Gunsten. Vielleicht war es aber auch nur ein Verkaufsinserat am schwarzen Brett. Es war ja keiner da, den man hätte fragen können. Es war demnach aber auch keiner da, der das Boot in den nächsten zwei Stunden vermissen würde.

Die gute Idee entpuppte sich als anstrengender als gedacht. Das Boot hatte keinen Motor und nur mit Rudern war man bei der herrschenden Strömung ständig am Ackern, um die Position des Bootes einigermaßen zu halten und nicht zu weit auf das offene Wasser hinausgetrieben zu werden. Ein romantischer Angelausflug geht anders. Da fehlte die Ruhe und die Zeit, zwischen den einzelnen Rudergängen entspannt die Angel über Bord zu halten. Selbst der fantastische Ausblick auf die bezaubernden sieben Schwestern, die hinter unserer Hütte standen, konnte uns nicht auf dem Wasser halten. Um Missverständnissen vorzubeugen, die sieben Schwestern sind Berggipfel und bilden zusammen eine Bergkette, die sich über die Halbinsel zieht. Wir gaben auf und entschlossen uns unser Abendbrot vom Ufer aus zu fangen. Das Schöne an den norwegischen Gewässern ist, dass man nicht lange auf sein Abendbrot warten muss und irgendjemand schon zeitig anbeißen wird. In Windeseile hatten wir dann auch einige gute Dorsche und einen Schellfisch beisammen, die schnell filetiert und pfannenfertig waren. Gegessen wurde wieder vor der Hütte und jetzt konnte man auch wirklich das Panorama der Gebirgskette mit den sieben im Sonnenlicht noch strahlenden Gipfeln genießen. Eine grandiose Kulisse für ein spärliches Abendbrot. Es ist ein irrealer Moment, wenn man weit nach Mitternacht vor seiner kleinen Hütte sitzt und einem fast noch die Sonne ins Gesicht scheint. Morgens um drei Uhr ging es wieder ins Bett.

Bei fehlender Dämmerung mit anschließender Dunkelheit lässt die Müdigkeit auf sich warten und so schafften wir es schon nach einem Tag in Norwegen zu Nachtmenschen zu werden. Die dünnen Vorhänge in den Hütten taten ihr Übriges. Verdunklungsrollos waren hier Fehlanzeige. Schlafen konnte man wirklich erst, wenn einem von selbst die Augen zufielen.

Das lauter werdende Knattern einer Turboprop Maschine störte die Stille und ließ uns neugierig aus der Hütte treten. Es war erst 12 Uhr am Mittag und wir noch nicht wirklich ausgeschlafen. Was hatte ein Flugzeug hier verloren? Das war die Frage, die uns ungewaschen und etwas zerknittert vor die Hüttentür treten ließ. Zudem wirkte bei all der uns umgebenden Ruhe das Geräusch unerwartet laut und störend. Erst da bemerkten wir, dass wir direkt neben einem kleinen Flughafen unser Domizil aufgeschlagen hatten. Glücklicherweise war der Flugverkehr überschaubar und wir stellten in den nächsten Tagen fest, dass nur einmal am Tag eine kleine Passagiermaschine den Flughafen anflog. Allerdings stellten wir auch fest, dass wir uns mit der näheren Umgebung noch gar nicht auseinandergesetzt hatten. Es bestand nach der überaus strapaziösen Anfahrt bis hierher auch definitiv bei keinem von uns auch nur im Ansatz der Drang nach mehr Autofahrten als unbedingt notwendig. Ausflüge nach außerhalb des Campingplatzes waren daher bis hierher Fehlanzeige gewesen. Heute mussten wir notgedrungen das Auto nutzen. Wir mussten Einkaufen, unsere spärlichen Vorräte auffüllen und vor allem eine Telefonzelle suchen. Die Telefonzelle war schnell gefunden. Sie stand auf dem Parkplatz am Flughafenterminal. Wobei dieses Terminal eher einer

Baracke glich und jeglichem Vergleich mit dem Hamburger Flughafen entbehrte. Es gab nicht einmal einen Kiosk. Es gab noch nicht einmal einen Menschen auf diesem Flughafen. Das Gelände lag verlassen da und nichts deutete auf einen noch existierenden Flugverkehr hin.

Wir riefen Arne und Arne an. Zwei Freunde, die noch in Hamburg saßen, aber auch in den nächsten Tagen den Weg nach Norwegen antreten wollten. Wir verabredeten als Treffpunkt einen kleinen Ort bei Aure, in dem wir einen weiteren Zwischenstopp auf unserer Reise durch Norwegen einlegen wollten. Den Ort hatten wir uns aus einem der Campingführer herausgelesen und als guten Treffpunkt auserkoren. Gewesen war an diesem Ort bisher noch keiner von uns. Der Ort lag nur geographisch günstig, sowohl für uns, die vom Norden kamen, als auch die beiden Arnes, die vom Süden aus anrollen wollten. Für die beiden sollte das auch der nördlichste Reisepunkt ihrer Reiseroute bleiben. Hier wollten wir einige Tage gemeinsam verbringen und dann erst einmal wieder getrennter Wege gehen. Natürlich vorausgesetzt, dass wir uns bei der vagen Orts- und Wegbeschreibung und des recht offen gewählten Zeitfensters überhaupt finden. Nebenbei wurden in dem Telefonat noch der Wetterbericht und die Fußball Ergebnisse der Bundesliga ausgetauscht. Der FC St. Pauli hatte es nicht über ein Unentschieden geschafft.

Dann war ich an der Reihe. Ich wollte unbedingt bei meinen Eltern anrufen, um meine heile Ankunft in Norwegen zu bestätigen. Das war leider wichtig, da ich nicht noch einmal solch ein Desaster wie im Vorjahr erleben wollte. Das war mir sehr peinlich und das wollte ich mir und meinen Mitreisenden unbedingt ersparen. Und das war so:

Ich war einmal mit einem Freund in das Haus seines Onkels in Ostschweden gefahren, welches er uns netterweise zu einem Spotpreis zur Verfügung gestellt hatte. Er hatte offensichtlich ein Herz für arme, mittellose Ex-Schüler. Es gab kein Telefon in diesem Haus und die nächste Telefonzelle war weit. Mein Prepaid Handy war durch den ersten besorgten Anruf meines Vaters knapp hinter der Öresundbrücke bereits leer telefoniert und so gab es zwangsweise vorerst keinen weiteren Kontakt nach Hause. Ich sah auch keinen weiteren Sinn in einer übereilten Rückmeldung. Es regnete die ganze Zeit und wir machten es uns lieber im Haus gemütlich, anstatt eine Telefonzelle in dieser Wildnis zu suchen. Wir hatten ja Urlaub.

Das ging auch so lange gut, bis der Nachbar einige Tage später bei uns klingelte und sagte, er habe ein Telefongespräch für mich. Etwas irritiert ging ich mit zu ihm ins Haus und nahm das Telefonat an. Was dann passierte können nur Eltern veranstalten.

Da wir nicht erreichbar waren, musste uns natürlich dann auch etwas passiert sein. Das war der Gedankengang meiner Eltern. Meine Eltern riefen nach dieser Erkenntnis die Eltern von meinem Mitreisenden an und schafften es, die beiden auch in den Sog des Wahnsinns zu ziehen. In deren Phantasie waren wir vermutlich von schwedischen Räubern, Bären und Elchen gleichzeitig überfallen worden und im Anschluss, von unzähligen Mückenstichen übersät, im Hause schwerverletzt verhungert. Es wurde halb Schweden angerufen, um uns ausfindig zu machen und so landeten sie irgendwann bei unserem armen Nachbarn, der von unseren Eltern genötigt wurde jetzt durch den Regen zu uns zu laufen, um festzustellen, dass nichts passiert war und es uns eigentlich soweit ganz gut ging. Was der arme schwedische Nachbar über diesen Anruf gedacht hat, entzieht sich leider meiner Kenntnis. Ich wusste nur, dass ich nie wieder in dieses Haus zum Urlaubmachen fahren kann, ohne zum Gespött des Dorfes zu werden.

Bevor die Nationalgarde auf der Suche nach mir jetzt in Sandnessjøen anrückt, rufe ich lieber selber an. Da meine beiden Mitstreiter diese Geschichte bereits kannten, kam bei jeder weiteren Telefonzelle, die wir im Laufe der voranschreitenden Reise passierten, die Frage, natürlich immer mit einem breiten Grinsen der beiden unterlegt, ob ich nicht noch schnell in Hamburg anrufen wollte, um meinen guten Gesundheitszustand zu bestätigen. Ob meine Eltern eigentlich wussten, was sie meinem Freund und mir in diesem Moment damals antaten? Vermutlich nicht. Obwohl jetzt, wo ich älter bin und noch einmal über die ganze Aktion nachdenke, vielleicht hatten die beiden aber auch einen Heidenspaß bei dem Anruf. Ich kann mir meinen Vater richtig vorstellen, wie er da damals saß, sich amüsierte und nach dem Telefonat zu meiner Mutter sagte „Das machen wir nächste Woche noch mal!" In diesem Moment beschloss ich, wenn ich Vater bin, werde ich das mit meinen Kindern genauso händeln. Da müssen die durch.

Der Weg in die kleine Stadt war schnell geschafft. Die Besorgungen erledigten wir in dem einzigen Supermarkt der Stadt und zogen dann weiter zu dem Touristenbüro, um uns für die weitere Reise Informationsmaterial zu besorgen.

Jetzt verhält sich das so, dass keiner von uns Dreien eine ausgesprochene Sprachbegabung hat. Peter und Kristian hatten auf dem Weg zum Abitur Englisch als Fremdsprache so schnell es ging abgewählt. Ich musste, aufgrund meiner damaligen Kurswahl für die Leistungsfächer, Englisch bis zum Abitur weiter belegen und schloss dieses Kapitel mit einer souveränen Ein-Punkte-Landung ab. Mit dieser Leistung hatte ich mich als Sprachführer qualifiziert und durfte vorerst die meisten Gespräche in Geschäften, Tankstellen oder Campingplätzen führen. Zumindest so lange, bis wir merkten, dass viele hier ein ebenso schlechtes Englisch sprachen wie wir.

# Besuch aus Norwegen

Am frühen Nachmittag waren wir wieder auf dem Campingplatz.

An diesem Abend sollten wir wohl unseren ersten ernsthaften Kontakt mit der norwegischen Bevölkerung erleben. Vorerst war es aber nur Kristian, der dieses Vergnügen ungeteilt genießen durfte.

Etwas sparsam dreinblickend kam er am späten Nachmittag aus dem Waschhaus und teilte uns kurz und knapp mit, dass wir wohl heute Abend Besuch bekommen dürften, schnappte sich seine Angel und ging runter an die Küste. Peter und ich sahen uns etwas verwundert an. Wir verstanden diese Aussage von Kristian nicht und schon gar nicht seinen spontanen, wortkargen Aufbruch an unsere bevorzugte Angelstelle. Peter und ich versuchten das Gehörte zusammenzubekommen. Wir bekommen wohl Besuch, stellten wir einhellig fest. Aber wen? Arne & Arne waren noch in Deutschland. Mit denen hatten wir ja gerade erst telefoniert. So schnell konnten die ja nicht hier hochgefahren kommen. Und wenn doch, dann hätte sich Kristian vermutlich anders gefreut als eben. Es konnte also nur jemand aus der unmittelbaren Umgebung sein. Wir verschafften uns erst einmal einen Überblick über die weiteren Bewohner des Campingplatzes. Wer war ein potenzieller Anwärter, wer hätte Interesse daran, uns zu besuchen?

Da war einmal die Familie aus Freiburg mit den zwei kleinen Kindern. Deren Wohnwagen stand etwa 40 bis 50 Meter von unserer Hütte entfernt, etwas am Rande des Areals. Mit denen waren wir immerhin bereits am Nachmittag des Vortages ins Gespräch gekommen. Der Vater, der etwas älter als wir zu sein schien, kämpfte zu dem Zeitpunkt mit seinem Angelgeschirr. Seine Söhne standen, mit hinter den Rücken verschränkten Armen, um ihn herum und beobachten seine verzweifelten Versuche, Ordnung in die Angelsehne zu bekommen. Irgendwann gab er den Kampf auf und kam mit seinen beiden Jungs im Schlepptau zu uns rüber geschlichen. Er begrüßte uns mit den Worten, dass er eigentlich kein passionierter Angler sei, aber in Norwegen seinen Kindern das Angeln einmal näherbringen wollte. Aber der Umgang mit den Angelutensilien war ihm noch nicht so geläufig und irgendwann hatte er sich geschlagen geben müssen. Das Sehnenwirrwar und das Anbringen eines Angelköders überforderten ihn. Peter, Gutmensch durch und durch, nahm sich der ganzen Geschichte an und inspizierte das vorgelegte Chaos. Jetzt standen drei Personen um Peter herum und sahen mit hinter den Rücken verschränkten Armen zu. Peter wäre nicht Peter, wenn er nicht dem armen Vater aus seiner Bredouille hätte helfen können. Schon nach kurzer Zeit verließ ein erleichterter Vater mit zwei jetzt sehr aufgeregten Kindern Peters Angelwerkstatt.

Peter und ich befanden, der Vater wäre durchaus ein Kandidat für den uns noch unbekannten Besuch am Abend. Vielleicht um sich bei uns nochmals für die Hilfe zu bedanken und um mal eine Runde zu klönen, überlegten wir. Es ist ja schon einsam hier oben in Norwegen und so viele Deutsche trifft man auch nicht. Da kann ein kleiner Plausch mal abseits der eigenen Familie ganz guttun. Wir eröffneten die Liste der möglichen Kandidaten und setzten unseren Freiburger nach fast ganz Oben auf der noch jungfräulichen Liste.

Peter und ich gingen die weiteren möglichen Gäste auf dem Platz durch. Doch so viele Gäste gab es gar nicht mehr. Eigentlich nur noch die Bewohner des Zeltes, das etwas Abseits unseres Sichtfeldes stand und deren Bewohner wir noch nie zu Gesicht bekommen hatten. Oder diejenigen, die scheinbar am frühen Morgen auf den Hof gefahren waren. Ein schäbiger Kombi amerikanischen Fabrikats, mit norwegischem Kennzeichen. Personen hatten wir bisher nicht dazu gesehen. Wir setzten die beiden unbekannten Parteien unter den Freiburger, aber wir stellten auch fest, dass wir mit unseren Spekulationen nicht weiterkamen, Wir beschlossen uns überraschen zu lassen und gingen mit unseren Angeln zu Kristian ans Ufer.

Kristian hüllte sich unbeirrt in Schweigen. Das Einzige, was wir ihm entlocken konnten, war eine Vorabentschuldigung für den angekündigten, geheimnisvollen Besuch am Abend. Im Innern hoffte er wohl, dass der angekündigte Besuch doch noch ausfällt und er nie dieses Geheimnis lüften muss.

Der Tag verging ruhig und unspektakulär bis zum Abend. Nach dem Abendessen war noch immer kein Besuch aufgetaucht und auch nicht, nachdem wir unsere obligatorische Skatrunde am Abend abgeschlossen hatten. Wir beschlossen den Abend ausklingen zu lassen, machten uns bettfertig und zogen uns zum Lesen in unsere Betten zurück. Eigentlich passte uns der ausbleibende Besuch ganz gut in die weitere Planung. Morgen mussten wir Sandnessjøen wieder verlassen und uns auf die Weiterreise zur nächsten Hütte machen. Und das möglichst früh, um beim nächsten Stopp noch eine Hütte für die nächste Nacht zu bekommen. Je später man am Tage auf einem Campingplatz ankam, umso geringer war die Chance noch eine freie Hütte zu kommen. Es waren einige Touristen in Norwegen unterwegs, die auf die gleiche Art und Weise wie wir das

Land erleben wollten. Die Stille wurde je durch ein unheilverheißendes Knarren vor der Tür und einem zarten Klopfen an eben dieser unterbrochen. Kristian zuckte merklich zusammen. Peter und ich sahen uns gegenseitig an. Eigentlich sahen erst Peter und ich uns an und richteten dann unserer beiden Blicke auf Kristian. Peter und ich waren echt gespannt, wer jetzt um diese Uhrzeit noch auf einen Besuch vorbeikommt. Wir überließen einvernehmlich Kristian die Aufgabe die Tür zu öffnen und unseren späten Gast willkommen zu heißen. Immerhin hatte er ja auch die Einladung in irgendeiner Form ausgesprochen.

Kristian öffnete die Tür und begrüßte artig seinen Gast. Peter und ich reckten neugierig die Hälse, um schon jetzt etwas von unserem unbekannten Gast zu erkennen. Wir zogen diese allerdings genauso schnell reflexartig wieder ein, als sich ein schwarzer Schatten, den Türrahmen vollständig ausfüllend, in unsere Hütte schob. Herein trat ein Hüne von Mann. Vor uns stand ein Mann, der dem Erscheinungsbild des zotteligen, aber liebenswerten Hagrid, aus den Harry Potter Verfilmungen, nicht ganz unähnlich war. Der Raum wirkte gleich noch kleiner, als er eh´ schon war und man war geneigt das Fenster aufzumachen, um dem Zimmer mehr Platz zu geben. Peter und mir hatte es die Sprache verschlagen und wir standen mit offenen Mündern dümmlich rum. Und als ob der Raum nicht schon eng genug gewesen wäre, drängte sich neben Hagrid noch ein ebenfalls viel zu großer Schäferhund mit in die Hütte und inspizierte die auf ein Minimum geschrumpften Freiflächen.

Unser Gast reichte uns überschwänglich die Hand, eigentlich eine Pranke, und stellte sich lautstark als „Roy" und seinen vierbeinigen Begleiter als „King" vor. Peter und ich glotzten unsere

53

Gäste immer noch ungläubig an und brachten keinen Ton heraus. „Gut, dass der Hund nicht Siegfried heißt", war ein kleiner Gedanke der mir in diesem Moment durch den Kopf schoss, aber nichts an meiner mich gefangenhaltenden Starre änderte. Erst als Kristian mir den Ellenbogen in die Seite stieß, kam ich wieder zu mir. Ich verließ langsam meinen traumatischen Zustand und stellte mich Roy etwas ungelenk vor. Er freute sich sichtlich, dass wenigstens einer von uns beiden die Apathie abgeworfen hatte. Peter brauchte noch einen kleinen Moment, um mit dieser Situation umzugehen, taute dann aber auch zusehends auf.

Aufgrund der Größe des Hundes, beschloss ich erst einmal Frieden mit ihm zu schließen. Ich wollte meinen Eltern nicht am Telefon beichten müssen, von einem norwegischen Schäferhund angefressen worden zu sein. King interessierte sich zwar weniger für uns, als viel mehr für den Teller mit den Fischfrikadellen, die wir am Nachmittag gebraten hatten. Zumindest hing er mit der Nase deutlich zu dicht am Teller, rührte aber keine der Frikadellen an. Erziehung schien er genossen zu haben. Aber man weiß ja nie bei Hunden, die nicht bellen und Wolfsgröße haben. Um endlich auch irgendetwas Gescheites zu sagen, fragte ich, was der Hund den normalerweise so frisst? Erstaunlicherweise antwortete Roy „nur Fisch!" Damit war das Schicksal der Fischfrikadellen besiegelt. Das war meine Chance mich mit dem Hund gutzustellen und Leib und Leben zu retten. Ich bot nach kurzer Rücksprache mit Roy, dem Hund eine Frikadelle an. Die nahm King dankend an und auch die vier weiteren lehnte er nicht ab. Den Hund hatte ich also in der Tasche. Er war nicht mehr heißhungrig und ich brauchte keine Angst mehr zu haben, zerrissen zu werden. Lieber werfe ich dem

Hund die Frikadellen zum Fraß vor, als mich. Jetzt fehlte nur noch Roy. Aber Roy kam uns zuvor. Aus der Hinterhand holte er eine etikettlose Flasche mit Schraubverschluss, die noch zur Hälfte mit einer durchsichtigen Flüssigkeit gefüllt war. Freudestrahlend erklärte er die Flasche und seinen Inhalt. „Cognac!", fragte nach vier Gläsern und schenkte, nachdem wir genügend zusammengesammelt hatten, jedem etwas ein. „Selbstgebrannt, von einem Freund aus Lom" und stieß mit uns an. So wird man also in Norwegen begrüßt, dachte ich für mich, und freute mich diebisch über dieses außergewöhnliche Treffen. Der Cognac brannte in der Kehle und kurzzeitig hatte ich Angst blind zu werden. Das zweite Glas floss dann auch schon viel besser durch die betäubte Kehle. Das Zeug war tatsächlich trinkbar. Langsam kam auch Peter aus seiner Reserve gekrochen und versuchte sich in die Unterhaltung miteinzubringen. Der Schnaps lockerte die Zunge und jeder im Raum konnte plötzlich Englisch sprechen. Erstaunlich, was geistige Getränke anrichten können. Peter lobte den Hund als „Brave Dog", was nicht auf den mutigen Verzehr von insgesamt fünf Fischfrikadellen gemünzt war, sondern auf das anschließende, brave Zurückziehen des Hundes in Peters Schlafsack zum Ausruhen. Das war zum Glück für Peter in Ordnung. Der Hund hätte auf dem Boden auch gar keinen Platz zum Hinlegen gefunden.

Kristian wollte jetzt auch ein guter Gastgeber sein und bot etwas aus unserer noch vorhandenen, aber übersichtlichen Spirituosenbar an. Erstaunlicherweise zog Roy ein Dosenbier vor und ließ den Wodka, Gin und Whiskey links liegen. Das sollte uns recht sein. Die Reise war ja noch lang und wer weiß, wofür die Vorräte noch gut sein sollten.

Der Abend lief, wir schmissen unseren alten Ghettoblaster an und hörten mitgebrachte Musikkassetten.

Das mit den Kassetten hatte einen einfachen Grund. Der Starlet verfügte nur über ein Kassettendeck. Da wir wussten, dass wir sehr viel Zeit in diesem Auto verbringen würden, hatten wir unsere alten Mix-Tapes wieder entstaubt und eingepackt. Für die restliche Zeit außerhalb des Autos, hatte Kristian seinen alten Kassettenrekorder vom Dachboden geholt. Alles sehr retro, aber auch sehr lustig. Irgendwie hatte jedes Mix-Tape seine eigene Geschichte und jeder wusste recht genau, wann und wie er welche Kassette zusammengestellt hatte. Immer wieder kamen bei einigen Liedern Erinnerungen hoch und kleine Geschichten wurden auf den Tisch gebracht.

Roy gefiel was er da hörte und eilte einer fixen Idee folgend noch einmal schnell in die Nacht hinaus. Wir nutzten die entstandene Pause, um ein kurzes Resümee über den bisherigen Verlauf des Abends zu ziehen und befanden einhellig, dass das ganze Geschehen etwas sehr Obskures an sich hatte. Aber auch etwas sehr Lustiges. Wir stellten allerdings auch fest, dass uns das Erlebte hier wohl keiner zuhause glauben würde, wenn wir von der Reise zurück sind. Es mussten also Fotos als Beweismittel her. Irgendwie mussten wir Roy davon überzeugen, dass es nicht wehtut Fotos zu machen.

Roy brauchte nur ein paar Minuten und schon stand er wieder in der Tür mit einer Handvoll Kaufkassetten. Er stellte uns Dr. Hook vor und pries die Vorzüge dieser Band aus den 70er Jahren an. Da er so begeistert von einer unserer Mischkassetten war, bot er ein Tauschgeschäft an. Ich brauchte nicht lange zu überlegen und schlug ein. Was für ein tolles Tauschgeschäft. Weniger der Inhalt der Kassette, als der Erinnerungswert den sie in ein paar Jahren für mich haben würde, zählte. Außerdem war es eine schöne Vorstellung, dass irgendwo in den nächsten Jahren eine von meinen selbst zusammengestellten Mixtapes auf den Straßen Norwegens gehört wird und sich Roy dabei eventuell an diesen einen besonderen Abend erinnert. Die Dr. Hook Kassette hingegen rotierte auf der weiteren Reise nicht so häufig in unserem Rekorder, aber eine schöne Trophäe war sie allemal.

Der Abend schritt voran, es wurde über Norwegen, Deutschland und unsere Angelausrüstung diskutiert. Es wurde mit Händen und Füssen gearbeitet, um sprachliche Defizite auszugleichen. Es wurde natürlich auch die obligatorische Frage nach der Übersetzung von Schimpfworten ins norwegische gestellt und Roy erwies sich als guter Lehrer. Wir lernten, dass „Dritsekk" übersetzt „Arschloch" heißt und „Idiot" „Tulling". Roy wiederum konterte mit der Frage - What´s the german name of „Pussy"? – und überschwänglich fühlte ich mich als Englischkönner berufen diese Frage zu beantworten und rief aus meiner jugendlichen Naivität heraus ein „Cat" in die Runde. Das Gelächter ließ nicht lange auf sich warten und ließ die Hütte erbeben. Ich lief knallrot an und konnte gleich das vorher erlernte für mich anwenden „Jeg er en tulling!" Damit hatte ich unwissend den Brüller des Abends geliefert. Manchmal sollte man erst denken und dann antworten, aber ich glaube, ich weckte mit dieser Reinheit meiner Gedanken väterliche Gefühle bei Roy und er schloss mich für diesen Abend in sein Herz.

Es war ein feucht fröhlicher Abend, mit einem intensiven Wissensaustausch, bis es plötzlich an der Tür klopfte. Etwas erstaunt sahen wir uns alle an. Waren wir zu laut gewesen? Wollte sich jetzt ein Nachbar beschweren oder noch jemand mit in die Gesprächsrunde einsteigen? Kristian öffnete die Tür und es trat Frau Hagrid ein, nur ohne Bart. Glaube ich. Sie wollte ihren Mann einsammeln. Wir bemerkten, dass es spät geworden war und Herr Hagrid gehorchte Frau Hagrid. Allerdings ging er nicht, ohne tatsächlich mit uns noch ein Foto zu schießen und so stellten wir uns alle in Position und schossen ein kleines Gruppenfoto. Wir verabschiedeten uns voneinander, bedankten uns gegenseitig für diesen tollen und außergewöhnlichen Abend und wünschten uns gegenseitig eine gute Weiterfahrt.

Als die beiden sich getrollt hatten, räumten wir schnell ein wenig auf und gingen von den Eindrücken des Abends bewegt in die Betten. Wir mussten jetzt schnell schlafen, da wir eigentlich am nächsten Morgen sehr früh den Aufbruch zur nächsten Hütte starten wollten. Aber jeder von uns machte sich wohl mit einem Grinsen im Gesicht noch einmal seine eigenen Gedanken über diesen unerwarteten Besuch und diesen denkwürdigen Abend.

# Die erste Weiterfahrt

Wir verabschiedeten uns etwas unausgeschlafen von Sandnessjøen und diesem unbeschreiblich schönen Flecken Erde. Das war ein feiner Campingplatz gewesen und ein verdammt guter Start für das Abenteuer Norwegen. Von Roy und seiner Frau konnten wir uns leider nicht mehr verabschieden. Die schliefen wohl noch oder waren einfach nur nicht auf dem Campingplatz zu sehen. Vielleicht auch besser so. Ich wollte ihn einfach so in Erinnerung behalten, wie er sich am gestrigen Abend verabschiedet hatte. Als liebenswerten, aber auch etwas heruntergekommenen Menschen.

Wider Erwarten hatten wir es echt früh geschafft die Hütte zu putzen und unseren Wohnstarlet zu packen. Die Abfahrt gen Süden konnte also zeitig beginnen. Sandnessjøen sollte der nördlichste Punkt unserer Reise bleiben. Eine Weiterfahrt in Richtung Polarkreis hätte viele weitere Kilometer mit sich gebracht und unsere Reise nur unnötig in die Länge gezogen, beziehungsweise wertvolle Urlaubstage an anderen, von uns noch nicht weiter konkret anvisierten Orten gekostet. Ab jetzt würden die Nächte wieder dunkler werden.

Sandnessjøen wollte uns den Abschied sichtlich schwer machen. Beim Verlassen der Zufahrtsstraße zum Campingplatz hielt dieser Ort noch eine kleine Überraschung für uns bereit.

In dem noch über den Wiesen liegenden Morgendunst wartete am Flugplatz ein ausgewachsener Elch auf uns. Unser erster freilebender Elch. Wir waren sprachlos und stierten aus dem Auto heraus auf dieses imposante Tier. Mit seinem ihm von der Natur gegebenen eigenwilligen Anmut schritt der Elch gemächlich an dem Maschendrahtzaun des Flughafens entlang, passierte gemütlich die Straße und verschwand dann langsam in dem auf der gegenüberliegenden Straßenseite befindlichen Wald. Der Elch hinterließ drei Typen, die wie kleine Jungs mit herunter geklappten Kinnladen in einer Peep-Show sitzen und zum ersten Mal eine nackte Frau sehen. Nur das wir in einen Wald aus Birken stierten, wo es absolut nichts mehr zu sehen gab.

Genug gegafft, wir wollten Strecke schaffen. Der Elch war schon weiter weggekommen als wir. Wir sahen zu, dass wir jetzt ebenfalls flott von hier wegkamen.

Der Ausflug in den Norden hatte als einziges Ziel, einmal den Polarkreis zu überschreiten. Nur einmal mit dem Fuß auf der „anderen Seite" stehen. Mehr nicht. Aber die Müdigkeit hatte bei der Anfahrt gewonnen und uns zur Zwangspause genötigt. Der Zwischenstopp in Sandnessjøen hatte uns die Zeit geraubt, noch einmal einen Vorstoß bis zu diesem imaginären Punkt zu starten. Es war allerdings keiner von uns traurig das Etappenziel nicht erreicht zu haben, auch wenn es bis zum Polarkreis nur noch wenige Kilometer gewesen wären. Sandnessjøen und sein Campingplatz waren es allemal wert, auf den Polarkreis zu verzichten. Wir haben stattdessen zum Ausgleich nachts im Boot mit der Angel in der Hand gesessen und die Mitternachtssonne genossen. Das war für alle ein besonderer Moment und machte eine Weiterfahrt gen Norden vorerst überflüssig. Nicht, dass der Norden nicht auch für uns Interessant gewesen wäre, aber wenn man nur vier Wochen Zeit hat, dann muss man Abstriche machen und in diesem Fall traf es nun mal den Norden.

Jetzt hieß es erst einmal Kilometer fressen. Wir hatten noch kein direktes Ziel für unseren nächsten Aufenthalt. Die Richtung stand nur im Groben fest. Immer entlang der Küste, bis man irgendwann Bergen erreicht. Irgendwo dazwischen mussten wir nur noch einen Weg nach Aure finden, denn da waren wir ja noch mit Arne & Arne verabredet. Das reichte uns vorerst als Ziel.

Aus Platzgründen hatten wir kein Zelt dabei und waren somit auf Campinghütten angewiesen. Lieber eine Räuchertonne und ein Federballset im Gepäck, als ein Zelt. Prioritäten müssen gesetzt werden, wenn man so eine Reise plant. Der Platz ist selbst in einem Starlet nicht unendlich.

Unser in die Jahre gekommene Campingplatzführer sollte uns dabei helfen einen geeigneten Campingplatz am nächsten Etappenziel zu finden und uns damit den Weg vorzugeben. Der einzige wirklich feste Termin der auf dieser Reise vorgegeben war, war der Bezug des bereits festgebuchten Hauses für die letzten fünf Tage unseres Urlaubs in Egersund, Südnorwegen. Von dort aus würden wir dann, nach einer allerletzten Zwischenübernachtung, die Fähre von Kristiansand aus nach Dänemark zurücknehmen. Dazwischen hatten wir noch viel Zeit für verschiedenste Ziele.

Wir merkten schnell auf unserer Fahrt an der Küste entlang, dass ein Vorankommen auf diesen Straßen sich noch sehr mühsam gestalten würde. Die Straßen sind eng und kurvig; ein Ausweichen auf diesen Straßen ist bei entgegenkommenden Fahrzeugen schwierig und manchmal eine echt enge Kiste. Bei entgegenkommenden LKWs wird es zur Millimeterarbeit zwischen Felswand, LKW und Abgrund. Leitplanken sind ein rares Gut in Norwegen und werden wohl nur dort eingesetzt, wo es wirklich gefährlich ist. Die Einschätzung von gefährlich oder nicht gefährlich liegt in der Betrachtungsweise. Ich ging nicht immer konform mit den Entscheidungen der Straßenbauabteilung der jeweiligen zuständigen Kommune. Es hätten nach meinem Empfinden durchaus mehr Leitplanken an den Straßen sein können. Zumindest schienen die an den als gefährlich eingestuften Stellen aufgestellten Leitplanken auch tatsächlich von den Autofahrern genutzt zu werden. Einige Leitplanken zeigten gravierende Verformungen und präsentierten dabei stolz ihre über die Jahre gesammelten Autolacke in den verschiedensten Farben. Ob sich die Autolackierer auf die Wiederinstandsetzung von rechtsseitigen Karosserieseiten spezialisiert haben? In welchem Verhältnis steht in Norwegen die Anzahl der verkauften linken, zu den rechten Kotflügeln? Wie viele Autofahrer an den Stellen verunglückten, wo keine Leitplanken aufgestellt wurden, entzieht sich leider meiner Kenntnis.

Egal, die Straßen in Norwegen haben schon etwas Eigenes und entsprechend ist die Reisegeschwindigkeit als gemächlich zu beschreiben. Wir hielten es wie der Elch von heute Morgen und gingen die Reise ruhig an. Wenn wir den 4ten Gang mal nutzen konnten und die 50 km/h erreichten oder gar überschritten, grenzte es fast an einen Geschwindigkeitsrausch. Für den Fahrer ist das Fahren auf diesen Straßen trotz der geringen Geschwindigkeit eine ausgesprochen anstrengende Aufgabe. Er muss immer konzentriert sein und in jeder unübersichtlichen Kurve mit dem Fuß auf der Bremse stehen, immer in gespannter Erwartung auf das, was ihn hinter der Kurve auf der Straße erwarten könnte. Fahrzeuge, Elche oder Felsen.

Der Halt an dem nächsten Fähranleger reißt mich aus meinen Gedanken. Wir haben jetzt schon einige Stunden im Auto gesessen und eine Verschnaufpause kann nicht schaden. Es ist noch etwas Zeit, bis die nächste Fähre abfährt und so vertreten wir uns erst einmal die Beine. Peter und ich beschließen bei dem Fähranleger, mit angeschlossenem Hafenkiosk, vorbei zu schlendern. Eine Imbissbude für den einfachen Geschmack. Jetzt meldet sich mein Magen. Das Frühstück ist schon länger her. Da ist der Kiosk genau das Richtige für Peter und mich. Lecker Hamburger werden angeboten. Warum nicht mal einen Hamburger an einem Imbiss, irgendwo in Norwegen, an irgendeinem Fähranleger essen? Wir sind schließlich im Land des Fastfoods.

Das Essen tat gut, auch wenn es sich nur um ein pappiges Brötchen mit wässrigem Salat und zäher Frikadelle handelte. Das großzügig verteilte Dressing diktierte den Geschmack und unterdrückte diktatorisch jeden Versuch von Frikadelle und Tomate sich geschmacklich mit einzubringen. Aber nach dem spärlichen und sehr fischlastigen Essen der letzten Tage, entfaltete der Bürger eine ungeahnte Geschmacksvielfalt und ließ die Geschmacksnerven jubilieren. Peter und ich waren glücklich.

# Kassetten

Wir saßen nach der erholsamen Fährfahrt wieder im Auto. Ich machte es mir wie immer auf meiner Rückbank gemütlich, in der Gewissheit hier wieder einige Stunden in meinem Nest verbringen zu dürfen. Die Zeit wollte ich nutzen und kramte in meiner Tasche nach meinem Buch. Das war bisher sowieso schon viel zu kurz gekommen. Dabei fiel mir die Kassette, die ich mit Roy, unserer Bekanntschaft aus Sandnessjøen, gegen eine meiner Mixkassetten getauscht hatte, in die Hände. Ich drehte die Kassette zwischen den Fingern und dachte über das mittlerweile eigentlich veraltete Format der Kompaktkassette nach.

Wie viel Zeit hat man damals vor dem Plattenspieler, CD-Player und Kassettendeck hockend verbracht? Wie hat man das zelebriert, eine 90er Kassette aufzunehmen. Zumindest war es bei mir so. Sich einen kompletten Abend für die Erschaffung einer neuen musikalischen Mischung frei zunehmen.

Ich stellte an solchen Abenden zuerst eine grobe Setlist für die neue Mischkassette zusammen. In welche musikalische Richtung sollte die Kassette gehen? Eher Rock, Folk, Punk oder Metal oder die totale Mischung, aus allem was zur Verfügung steht? Das Konzept musste einigermaßen stehen, Änderungen waren bei dem Format schwierig oder im Nachhinein eigentlich gar nicht mehr möglich. Eine Kassette ist im Gegensatz zu einem USB-Stick, was die nachträgliche Änderung der Reihenfolge von Liedern anbelangt, eher unflexibel. Was steht, das steht und kann spätestens nach Aufnahme eines Anschlussstückes nicht mehr ohne viel Aufwand geändert werden. Mit einem Bier an meiner Seite wurden die benötigten Platten und CDs aus den Regalen gesammelt und im Halbkreis um die Musikanlage ausgelegt. Ich in der Mitte. Hochkonzentriert wurde der Pegel an dem Tapedeck eingestellt. Nicht zu weit in den roten Bereich kommen und REC und Pause-Taste drücken. Die CD/Platte vorbereiten. Habe ich bei dem Verstärker auch auf CD gestellt? Ja, passt. Pausetaste beim Tapedeck lösen. Aufnahme läuft. Beim CD-Player ebenfalls die Pausetaste lösen und das Lied wird auf Kassette gebannt. 90 Minuten Musik mussten zusammengestellt werden. Es gab zwar auch noch die 60 Minuten Kassetten, aber ich hatte mich auf die 90er Kassetten eingeschossen. Die 60er Chromkassetten waren mir zu kurz. Bei Autofahrten waren sie nervig, da sie zu schnell am Ende waren und auch eine Party konnte da nicht ausreichend mit Musik versorgt werden. Die 100er Kassetten wiederum waren zu lang. Da kamen viele Tapedecks und Walkmänner an ihre Grenzen und spielten alles etwas eierig und verzerrt ab. Wer es ganz besonders gut meinte und den geringsten Klangverlust bei seinen Aufnahmen erreichen wollte, griff auf die Metallkassetten zurück. Etwas teurer in der Anschaffung, aber in der Klangwiedergabe erheblich dichter am Original.

Schon nach wenigen Liedern wurde die aufgestellte Tracklist über den Haufen geworfen. Es stand nur noch fest, dass die wichtigsten Lieder aus den letzten Anschaffungen in Form von Platten und CDs unbedingt mit auf die Kassette gebracht werden mussten. Dann regierte das Gefühl und begann die neue Tracklist zu bestimmen.

Während der Aufnahme eines Stückes hatte man dann etwa 3 bis 4 Minuten Zeit neue Inspirationen aus den Regalen zu sammeln und für die Aufnahme vorzubereiten. Ich habe mich nach dem Wegfall der Mischkassette nie wieder so intensiv mit der Länge einzelner Lieder auseinandergesetzt, wie zu der Zeit. 3 bis 4 Minutenlieder waren ideal, um neue Musik zu organisieren oder ein weiteres Bier aus dem Kühlschrank zu holen. 5 bis 6 Minuten Stücke, waren gut für Toilettengänge und noch längere Stücke gaben einem die Chance, schnell noch einmal zum nächsten Zigarettenautomaten zu laufen. Aber auch diese Bewegungen mussten organisiert werden. Bei der Aufnahme von Stücken von CD war es nicht ganz so schwierig, bei Liedern von Schallplatte musste die vorsichtige Weg- und wieder Hinbewegung zur Musikanlage mit einkalkuliert werden. Mein Holzfußboden neigte bei Belastungen in Form von Schritten oder anderen Bewegungen zum Mitschwingen, was wiederum merklich die Nadel meines Plattenspielers zum Mitmachen animierte und somit zu unterschiedlichsten Klangresultaten auf der Kassette führte. Im Walkman abgespielt, wurden solche Fehler zu einem reinen Höllentrip.

Es gab noch viele weitere Dinge zu beachten, von der die Qualität eines Tapes abhängig war. Kam man zu spät und hatte die Pausetaste beim Tapedeck nicht rechtzeitig gedrückt, war der Anfang des nächsten Liedes schon wieder mit aufgenommen. Das bedeutete das Tape wieder zurück zu spulen und das Ende des letzten Liedes zu suchen. Pausentaste nicht vergessen. Vorher immer am Verstärker von PHONO/CD auf TAPE umstellen. Dieser Schritt wurde gerne mal von mir vergessen. Vor allem am späteren Abend. Das Resultat waren dann 4 Minuten Stille auf der Kassette, wenn man seinen Fehler nicht vorher schon bemerkt hatte. Weitere Finessen waren das Aus- und Einblenden von Livestücken.

Unerlässlich war ein Probehören des Anfangs und des Endes des Liedes. Wie viel Zeit habe ich zum Ein- und Ausblenden? Geht das Stück direkt in den nächsten Titel bei dem Konzertmitschnitt über? Oder hat das Lied eine unerwartete Pause in der Beispielsweise das Publikum weiter singt und die Band später wieder einsteigt? Aber auch bei Studioaufnahmen gibt es eingestreute Gemeinheiten. Bei welchem Lied ich immer wieder drauf hereingefallen bin, ist bei Led Zeppelins *Over the Hills and far away*. Am Ende des Liedes wird langsam ausgeblendet und dann nach einer kurzen Stille zu dem unerwarteten großen Finale noch einmal alles Hochgefahren und erst dann endgültig wieder ausgeblendet. Ich habe das Lied irgendwann gehasst und verbannt.

Die Königsdisziplin war der Übergang von der ersten auf die zweite Kassettenseite. In den meisten Fällen endete das letzte Lied der Seite nicht mit dem Ende des Magnetbandes. Das Lied musste also möglichst elegant, bis zum Ende des aufnahmefähigen Teils des Tapes, ausgeblendet und auf der zweiten Seite, nach Möglichkeit ohne viel Liedverlust, wieder eingeblendet werden.

Nebenbei wurden die Titel auf das Inlay des Kassettendeckels mit Bleistift gekritzelt. Es musste Bleistift sein, da man die Kassette bei Nichtgefallen wiederverwenden konnte. Ein guter Radiergummi war unerlässlich. Die Spuren mussten so gut wie möglich beseitigt werden, um ungetrübten Spaß für eine neue Aufnahmesession zu gewährleisten.

Nach Fertigstellung des Tapes, wurde bei einem neuen Bier die neue Mischkassette getauft und erhielt feierlich ihren neuen Namen. Manchmal so etwas Innovatives wie *MischMasch ´94* oder *12.07.1993*. Aber in den meisten Fällen überlegte man sich abgefahrene Namen für das neue Baby, wie *Metalman, Bluesbreaker, Grün Donnerstag, Hängemamba* oder *Scheiss Wetter.* Je nach Laune. Dieser Name wurde bei einem weiteren Bier gefeiert und auf dem Rücken des Inlays mit spitzem Bleistift und ruhiger Hand aufgezeichnet. Nicht einfach geschrieben, es wurde eine Schriftart ersonnen und je nach Thema der Rücken der Kassette gestaltet. Teilweise entstanden kleine Kunstwerke und werteten damit selbst die schlechtesten Mix-Kassetten auf.

Währenddessen wurde die neue Kassette ihrer Bestimmung zugeführt. Sie durfte ihre erste Runde im Tapedeck drehen und für gute Laune sorgen und seine Aufnahmefehler offenbaren. Wo habe ich wieder zu spät die Pausetaste gedrückt?

Es war harte Arbeit eine Kassette in dieser Form zusammenzustellen und vor allem zeitintensiv. Die Zeit der Kassetten ist wohl unwiederbringlich vorbei und ich trauere diesem Medium eigentlich auch nicht wirklich nach. In einer Zeit, in der Playlists erstellt und über irgendwelche Streams abgerufen werden, hat sich dieses Medium wohl selbst überholt. Aber die Zeit hat Spuren hinterlassen. Wenn ich heute einige Lieder, die auf meinen Kassetten diesen Übergang von der ersten zur zweiten Seite markierten, im Radio oder sonst wo höre, blende ich im Geiste das Lied immer noch an der gleichen Stelle aus und wieder ein. So, wie auf meiner damaligen Mischkassette.

Es ist schön jetzt hier im Auto zu sitzen und diesen Retrotrip noch einmal zu erleben. Mischkassetten sind irgendwo auch ein Stück weit eine Art von Tagebuch. Zu jedem Lied habe ich Erinnerungen, Bilder, Gesichter, angenehme oder auch unangenehme Situationen vor meinem geistigen Auge. Manchmal sogar Gerüche oder einen bestimmten Geschmack. Auf jeden Fall spiegeln sie das eigene Befinden zur Zeit der Aufnahme wider und rufen eine Menge Erinnerungen wach.

# Austrått

Die Fahrt zog sich mal wieder in die Länge. So schön die Landschaft auch ist, man wird mit der Zeit anspruchsvoller. Die Natur muss sich mit jedem gefahrenen Kilometer mehr ins Zeug legen, um sich die uneingeschränkte Aufmerksamkeit des Betrachters zu sichern und immer wieder den Vorbeireisenden begeistern zu können.

Und die Natur ließ sich nicht lumpen. Immer wieder hatte die Natur neue Einfälle die Gegend interessant zu gestalten und sich die Aufmerksamkeit zu holen, die ihr zustand. Sei es in Form eines Wasserfalls, einer besonders schönen Felswand oder eines Flusses, der sich neben der Straße durchs Tal schlängelte. Zur Abwechslung hielt die Natur eine Elchkuh für uns parat, die unvermittelt aus dem Gebüsch auf die Straße trat und dort erst einmal auf ihr Junges wartete. Welch ungünstiger Platz für eine Pause. Elche auf der Straße sind ein nicht zu unterschätzendes Verkehrsrisiko. Ein Elch hinterlässt bei einem Zusammentreffen mit seinen 500 Kilogramm Eigengewicht unschöne Spuren am Auto. Vor allem, wenn das betroffene Auto selber auch nur ein Leergewicht von etwa 800 Kilogramm dagegenzusetzen hat. Ein Starlet ist grazil und kein Panzer. Wir ließen es nicht darauf ankommen. In sicherem Abstand standen wir mit unserem Auto auf der Landstraße und bestaunten die beiden, wenig grazilen Geschöpfe, bei der entspannten Querung der Landstraße. Ein friedliches Bild. Mit diesem Erlebnis konnten wir uns die zweite Elchsichtung auf dieser Reise ins persönliche Erlebnisbuch schreiben. Aber so schön der Anblick auch war, wir standen noch immer mitten auf der Landstraße und hofften auf einen baldigen Abgang der beiden Elche von der Straße. Wir standen in einer langgezogenen Kurve, die schwer einzusehen war. Wir konnten nur hoffen, nicht von einem, von hinten kommenden, besoffenen LKW-Fahrer in seinem 18-Tonner, übersehen zu werden. Auch dieses Zusammentreffen würde unschöne Spuren am Starlet hinterlassen. Wir wollten ja auf dem Rückweg nach Deutschland nicht dem Zollbeamten eine weitere Beule im Nummernschild und damit einen weiteren ungemeldeten Unfall präsentieren.

Wir folgten noch einige Stunden dem grauen Asphaltband in den späten Nachmittag hinein. Immer an der Küste entlang. Ein echtes Ziel hatten wir noch immer nicht, aber aus der Faltkarte kristallisierte sich langsam ein Ort heraus, den es sich offenbar lohnte, mal genauer anzuschauen. In der näheren Umgebung dieses Örtchens, beschlossen wir nach einem Übernachtungsplätzchen zu suchen. Unser Campingführer gab ebenfalls grünes Licht für einen vorhandenen Campingplatz, inklusive zur Vermietung stehender Hütten.

Am späten Nachmittag erreichten wir Austrått auf Ørland und waren von der Lage und der beschaulichen Bucht angenehm überrascht. Es gab einen kleinen Hafen, einige bunte Häuser und den versprochenen Campingplatz. Der hatte zu unserem Glück sogar noch Hütten frei und wir konnten für diesen Tag mal wieder beruhigt das Auto abstellen. Wir hatten eine Hütte für die Nacht. Bingo. Nach etlichen Kilometern und etwa 10 Stunden sitzen im Auto, ein gutes Gefühl die nächste Nacht in einem Bett verbringen zu können. Nichts gegen die Rückbank unseres Starlets, aber rückenfreundlich sieht anders aus.

Die Hütte entsprach dem einfachen Standard und auch der Campingplatz selber war sehr übersichtlich, aber ordentlich. Etwas oberhalb der Bucht gelegen, mit Blick auf den Hafen. Die Formalitäten waren mal wieder schnell erledigt und noch in dem kleinen Raum, der als Rezeption fungierte, stellten Peter und Kristian fest, dass zu dem Campingplatz auch ein mietbares Boot gehörte. Mit Motor. Spontan sicherten sich die beiden das Boot für den nächsten Tag. Dank des Motors, sollte dieses Mal ein entspannteres Angeln, als in Sandnessjøen möglich sein. Kein rudern mehr. Jetzt waren dank der Motorkraft einfache und bequeme Standortwechsel je nach Belieben möglich. Tiefere Gewässer konnten beangelt werden. Und das bedeutete endlich mehr Zeit zum Angeln und bessere Möglichkeiten für die Jagd auf die großen Fische. Der Jagdinstinkt war bei Kristian und Peter geweckt. Ein dreifach Halali.

Mein Jagdinstinkt schlief noch und für mich stand fest, den nächsten Tag am Haus zu verbringen. Meine Ein-Taschen-Politik zeigte Wirkung und zur Freude meiner lieben Kollegen musste ich meinen ersten Waschtag einlegen.

Nicht ohne Häme schnappten sich Kristian und Peter am nächsten Morgen ihre Angelutensilien und wünschten mir einen schönen Tag beim Wäschewaschen. Das war mir allerdings recht egal, denn irgendwann werden auch die ihre Wäsche waschen müssen. Schwamm drüber. Ich genoss den Tag. Die Wäsche war schnell gemacht und konnte bei herrlichem Wetter an der über die Terrasse gespannten Leine im seichten Wind trocknen.

Die Ruhe war himmlisch. Niemand wollte etwas von einem und

es gab keinen unnötigen Radau aus der Hütte. Ich stellte mir einen Stuhl vor unsere Hütte und beobachtete das bunte Treiben der anderen Touristen auf dem Campingplatz. Als ich dessen überdrüssig war, schnappte ich mir mein arg vernachlässigtes Buch und begann endlich einmal zu lesen.

Ich kam allerdings nicht so weit, wie ich es mir erhofft hatte. Irgendwann kamen meine Möchtegernseebären viel zu früh wieder angeschlichen. Mit erstaunlich nassen Füßen und ohne Fisch. Pelle und Pingo versuchten noch abzulenken und stichelten gegen meinen ersten Waschgang, der unübersehbar auf der Terrasse baumelte und lobten mit einem ironischen Unterton die Vorzüge meiner Ein-Taschen-Politik. Aber der Punkt ging letztendlich doch an mich. Die beiden Angelexperten mussten zugeben, mit einem undichten Boot in See gestochen zu sein und dieses erst bemerkten, als das Boot schon bis zu den Knöcheln voll Wasser gelaufen war. Für die Füße der beiden war heute Waschtag an Bord.

Austrått ist vor allem für sein Fort bekannt. Die deutsche Geschützstellung aus dem zweiten Weltkrieg überragt die Stadt und bildet die Touristenattraktion der näheren Umgebung. Diese Wehranlage ist ein Teil des Nordatlantikwalls, mit dem Hitler die erwartete Invasion der Alliierten abwehren wollte. Die gesamte Atlantikküste – von Norwegen bis nach Südfrankreich – wurde mit Bunkern und Geschützstellungen unterkellert und gesichert. Immer noch eindrucksvoll und beängstigend zugleich, beispielsweise an der dänischen Nordseeküste bei Hirtshals oder Løkken zu sehen. Teilweise wurden diese, ursprünglich in die Dünen gebauten Bunkeranlagen, vom Meer in den vergangenen Jahren freigespült und auf dem offenen Strand zurückgelassen. Wenn man am Strand vor diesen „Dingern" steht, wird einem die Größe der Anlagen bewusst. Und diese Betonkolosse sind trotz der langen Zeit, die seit ihrer Entstehung bis heute ins Land gezogen ist, noch immer in einem erstaunlich guten Zustand.

Aber auch die Geschützstellung in Austrått lässt einen die Dimension erahnen, in denen die deutschen Besatzer gedacht und gearbeitet haben. Mitten auf einem Felsen thront ein 28 cm Trippel-Geschütz. Ursprünglich auf dem Schlachtschiff „Gneisenau" beheimatet, wurde es dem Schiff entrissen und in einen Felsen irgendwo in Norwegen eingelassen. Über ganze drei Etagen tief. Die Reichweite lag bei stattlichen 39 Kilometern. Technisch gesehen eine beeindruckende bauliche Leistung. Aus menschlicher Sicht ist es erschütternd, wozu Menschen in der Lage sind.

Bei der Besichtigung der Anlage trafen wir auf einen älteren Herrn, der uns direkt auf Deutsch ansprach und das erstaunlich akzentfrei. Er hatte vermutlich aus einem mitgehörten Gesprächsfetzen unsere Herkunft erkannt und sprach uns deshalb gezielt auf Deutsch an. Wir waren überrascht hier angesprochen zu werden und das auch noch auf Deutsch. Aber er war ein angenehmer Zeitgenosse und so hielten wir ein wenig Smalltalk. Im weiteren Verlauf des Gesprächs ließ er gezielt seine eigene Geschichte mit einfließen, bis nur noch er erzählte und wir andächtig lauschten.

Er war als deutscher Soldat während des zweiten Weltkrieges in dieser Anlage stationiert gewesen, was die guten Deutschkenntnisse des Herrn erklärte. Nach der deutschen Kapitulation ´45 ging er in norwegische Kriegsgefangenschaft. Allerdings nicht lange, da die Norweger mit der Kanone nicht viel anfangen konnten. Also stellte

Norwegen ihn vor die Entscheidung, Knast oder Kooperation. Er entschied sich für die Kooperation und erklärte dem norwegischen Militär die Anlage und half bei der Ausbildung der norwegischen Soldaten, die zukünftig diese Anlage bedienen sollten. Aufgrund seiner guten Führung, wurde ihm eine bezahlte Stelle vom Staat Norwegen angeboten und seitdem lebt und arbeitet er in Norwegen. Mittlerweile bezieht er allerdings Rente und genießt das Leben im Norden. Wir fragten, wie der Dienst zur damaligen Zeit aussah und ob er viel vom Krieg mitbekommen hat. Er musste zugeben, viel Glück mit seiner Versetzung nach Norwegen gehabt zu haben. Während des Krieges gab es in Norwegen wenig zu tun. Mit Angriffen von der Seeseite war nicht unbedingt zu rechnen. Andere deutsche Soldaten traf es da viel härter. Gegen die Ostfront, war Norwegen das reinste Paradies. Man kam mit der Bevölkerung aus. Nicht unbedingt freundschaftlich natürlich, aber man wurde toleriert und ging sich aus dem Weg. Nach dem Krieg bot Norwegen eine Heimat. Nach Deutschland zog es ihn nicht mehr. Und damit war er nicht allein. Viele ehemalige Soldaten blieben und bauten sich hier eine neue Existenz auf.

Ich weiß nicht warum, aber der gute Mann schien nicht mit seiner Vergangenheit abschließen zu können, denn wir trafen ihn auf der Wehranlage, seinem ehemaligen Wirkungsbereich, und er wirkte nicht so, als ob er nach langer Zeit das erste Mal wieder hier ist. Er schien seine Geschichte gerne deutschen Touristen zu erzählen. Vielleicht um sich zu rechtfertigen? Für uns machte er mit seinen Erzählungen unseren Besuch der Stellung zu einer lebendigen Geschichtsstunde. Der nackte Stahl der Kanone und der kalte Beton wurden mit Leben gefüllt und entfalteten für uns einen

Hauch von einer Zeitreise. Und es machte auch klar – Krieg ist scheiße und wir und die folgenden Generationen müssen unbedingt aus dieser furchtbaren Geschichte mehr lernen.

Auf Rat des Einheimischen mit deutschen Wurzeln, machten wir uns noch auf den Weg zu zwei weiteren Attraktionen, die es hier bei Austrått zu besichtigen gab. Zum einen die nördlichste Linde Norwegens und, als ob das nicht schon aufregend genug wäre, als Zugabe noch die „hohle Eiche". Das klang nach Abenteuer und Erlebnis. Wer kann schon von sich behaupten an der nördlichsten Linde und der hohlsten Eiche Norwegens gestanden zu haben. Wir waren gespannt.

Der Weg vom Fort zum Hinweisschild auf die nördlichste Linde war nicht weit. Man musste eigentlich nur der Straße folgen. Ein Pfeil auf dem Schild wies uns dann den weiteren Weg zu der Linde und der Eiche. Allerdings zeigte der Pfeil schlicht in den angrenzenden Wald. Ohne Weg. Unschlüssig, ob wir dem Pfeil trauen sollten, stimmten wir ab. Wir kamen zu dem Schluss, dass Norweger nicht lügen und der Pfeil bestimmt recht hat. Wir taten wie uns geheißen und folgten dem Wegweiser in den Wald, davon ausgehend weitere Wegmarkierungen auf unserem weiteren Weg vorzufinden. Dem war nicht so. Wir standen im Wald und sahen uns ratlos an. Alle Bäume sahen irgendwie gleich aus. Da wir keine Ahnung von Baumkunde hatten und nicht wussten, wie eine Linde genau auszusehen hat, entschieden wir uns für den Baum, der am auffälligsten war und sich von den anderen Bäumen am deutlichsten unterschied. Glücklicherweise konnte uns ein weiterer Tourist, der wie wir durch den Wald irrte, – es stellte sich später heraus, dass er ebenfalls von einem älteren Herrn mit guten Deutschkenntnissen bei der Geschützstellung diesen Tipp erhalten hatte – unsere Annahme, vor einem Lindenbaum zustehen, bestätigen. Da er so gut informiert war, nutzen wir die Chance und fragten nach der hohlen Eiche, die hier auch irgendwo im Wald zu finden sein sollte. Auch diese Frage konnte er uns beantworten und zeigte hinter sich auf einen etwa fünf Meter hohen Baumstumpf, der ein großes Loch im Stamm aufwies. Ich war etwas enttäuscht. Da hatte ich doch etwas mehr erwartet. Nicht, dass ich jetzt einen Vergnügungspark mit horrenden Eintrittspreisen und Feuerwerk um diese Linde herum erwartet hätte, aber ein Limonadenbaum wie bei Pippi Langstrumpf wäre schon schön gewesen. Nur damit man als Tourist sich auch ernst genommen fühlt. Wir befanden uns immerhin hier bei der nördlichsten Linde Norwegens und der hohlsten Eiche weit und breit. Da kann man doch etwas mehr erwarten, als nur einen Pfeil an der Straße. Ich frage mich, wie denn weniger große Sehenswürdigkeiten in dieser Gegend beworben werden. Eigentlich kann man nur noch das Schild an der Straße weglassen, um das Niveau zu senken. Der Alte hat echt Humor bewiesen. Respekt.

Wir hatten trotzdem unseren Spaß. Wir hatten es zwar nicht geschafft den Polarkreis zu erreichen oder gar zu überqueren, aber wir standen immerhin vor der nördlichsten Linde Norwegens. Ein kleiner Teilerfolg.

# Fährefahren für Anfänger

Wir mussten Austrått nach zwei Tagen leider schon wieder verlassen. Auch hier hatten wir, wie schon seit Beginn der Reise, bestes Wetter. Norwegen zeigte sich von seiner sonnigsten Seite, was es uns nicht immer einfach machte einen Ort wieder zu verlassen und uns auf die Weiterreise zur nächsten Bleibe zu machen. Wir verließen Austrått mit dem unguten Gefühl nicht alles gesehen und entdeckt zu haben. Leider ein Gefühl, welches wir noch des Öfteren in Norwegen erleben sollten.

Das Haus war schnell gereinigt und der Schlüssel bei der Verwaltung, eigentlich nur wieder einmal ein Körbchen an der Hauswand, abgegeben. Das Auto packten wir gemütlich, um den begrenzten Raum in unserem Starlet optimal zu nutzen. Wir hatten es nicht eilig wieder auf die Straße zu kommen und so ließen wir uns Zeit, diesem Ort den Rücken zu kehren. Erst am späten Vormittag ging die Reise weiter.

Wir erreichten auf unserer Fahrt zur nächsten Unterkunft die nächste Fähre über den nächsten von vielen noch folgenden Fjorden. Zumindest erreichten wir erst einmal den Anleger, von dem die Fähre demnächst starten sollte. Von der Fähre war aber noch nichts zusehen. Wir waren vielleicht auch etwas früh und die Fähre schipperte bestimmt noch irgendwo auf dem Fjord herum. Bis 14.00 Uhr war ja noch reichlich Zeit. Wir waren immer noch im gefühlten Niemandsland und auf der Fahrt bis hierher, hatten wir nur wenige Siedlungen passiert. Eigentlich waren es eher einzelne Häuser, die etwas dichter beieinanderstanden, als die einzelnen Gehöfte, die wir ebenfalls auf unserer Fahrt passiert hatten. Von Siedlungen zu sprechen war hier eigentlich vermessen. Wären nicht netterweise Ortsschilder an der Straße aufgestellt worden, hätte man viele Orte tatsächlich nicht als solche erkannt. Entsprechend war der Fähranleger aufgrund der mangelnden Anwohnerdichte in dieser Gegend auch nur einfach eingerichtet. Nicht einmal einen Imbiss gab es. Es war sehr ruhig und sehr einsam hier. Hier spürte man die beeindruckende Bevölkerungsdichte von dreizehn Norwegern auf einem Quadratkilometer.

Ich hatte mal einen Bericht gelesen, in dem ein Zahnarzt aus Oslo der Stadt den Rücken gekehrt hatte, da ihm die Anzahl der Bewohner pro Quadratmeter zu hoch geworden war. Er zog weit nach außerhalb, noch über den Speckgürtel Oslos hinaus, um seine Ruhe zu finden. Doch im Laufe der Zeit holte ihn die Stadt mit seinen wachsenden Vororten wieder ein, und eines Tages bekam der Zahnarzt einen Nachbarn. In einigen hundert Metern Entfernung. Anlass genug wieder seine Zelte abzubrechen und erneut weiter gen Norden zu ziehen. Diese direkte Nachbarschaft war ihm zu dicht. Er konnte nachts das Licht der anderen Hütte scheinen sehen. Er fühlte sich in seiner Ruhe gestört und beobachtet.

Das sind Probleme. Ich wohne in Hamburg und Hamburg hat eine Einwohnerdichte von ca. 2.400 Einwohnern pro Quadratkilometer. Der gute Mann wäre in Hamburg an meiner Stelle ja eigentlich in Windeseile ein Fall für die Psychiatrie geworden.

Der Hafen an dem ich jetzt stand, war etwas anders gestaltet als der Hamburger Hafen. Zwei Picknicktische auf einer kleinen Wiese und ein Wartehäuschen, in dem man sich bei schlechtem Wetter hätte unterstellen können, umfasste das bauliche Arrangement des gesamten Areals. Das offene Wartehäuschen entsprach einer durchschnittlich aufwendig gestalteten Bushaltestelle im norddeutschen Raum. „Viel Publikumsverkehr kann es hier nicht geben", denke ich für mich. In das Häuschen passten maximal 15 Leute. Vielleicht für Schüler, die auf dem Weg zur Schule sind. Was für ein Schulweg. Mit der Fähre in die Schule. Ich kann mir förmlich vorstellen, wie die Mutter ihren Sohn morgens aus dem Haus schickt mit den Worten, „Beeil Dich, sonst verpasst du die Fähre!".

Das Wetter ist noch immer freundlich und wir lassen uns an einem der Holztische nieder.

Um 13.45 Uhr hatte sich die Fähre noch immer nicht am Horizont blicken lassen. Langsam wurden Kristian und Peter sichtlich nervös. Ich versicherte noch einmal, dass aus dem Flyer, den ich im Touristenbüro eingesteckt hatte, eindeutig hervor ging, dass die Fähre alle zwei Stunden fahren und die nächste Fähre um 14.00 Uhr ablegen sollte. „Die wird schon noch kommen", schickte ich als beruhigende Floskel aus tiefster Überzeugung hinterher.

10 Minuten später war noch immer nichts von der Fähre zu sehen oder zu hören. Jetzt wurde ich auch etwas nervös. Wir saßen noch immer alleine auf unserer Bank und keine weiteren Fahrgäste waren aufgetaucht. Wir saßen also noch immer ganz alleine irgendwo in Norwegen, an einem kleinen Anleger, mit einem noch kleineren Wartehäuschen und das Ganze weit weg von unserem nächsten Etappenziel. Peter ging langsam auf und ab. Abrupt entschloss er sich zu einer Richtungsänderung. Er steuerte jetzt das kleine Wartehäuschen an. „Wollte er zur Toilette oder was will er da?", fragte ich Kristian. Nach einigen Minuten tauchte Peter wieder

auf und fragte mich noch einmal, aus welcher Quelle ich denn die Information über die Fahrtzeit geschöpft hätte und ob er diese Quelle mal sehen dürfte. Ich kramte den Flyer aus meiner Tasche und las laut und deutlich vor „14,00 Uhr. Täglich. Außer sonntags!" Nachdem ich meine Hände in Unschuld gewaschen hatte und die Schuld eindeutig bei der Fährgesellschaft zu suchen war, lehnte ich mich siegessicher zurück und schickte ein süffisantes Grinsen in die Runde. Leider war ich der Einzige der lächelte und wie die beiden mich jetzt so musterten, schwante mir böses. Irgendetwas stimmte hier nicht. Hatte ich ein Detail übersehen? Die Uhrzeit? Den Wochentag? Welchen Tag hatten wir denn eigentlich heute? War heute etwa schon Sonntag??? Es war, als ob mir jemand die Wiese unter den Füssen weggezogen hatte. Mein selbstsicheres Lächeln machte Platz für entgleisende Gesichtszüge und ich brachte nur eine winzige Frage durch meine Lippen gepresst. „Sonntag?"

Ich lag also mit meiner Vermutung bezüglich der Schulkinder gar nicht so verkehrt. Und sonntags ist auch in Norwegen keine Schule. Keine Schule = keine Fähre. Eine einfache Gleichung.

Peter und Kristian hatten sich wieder zum Auto begeben und die Faltkarte auf der Motorhaube unseres Starlets ausgebreitet. Ich saß noch immer an dem Picknicktisch und konnte meine unglaubliche Dämlichkeit kaum fassen. Jetzt hatten wir ein Problem. Ein ziemlich großes Problem. Entweder warten wir jetzt hier am Anleger auf die erste Fähre am nächsten Morgen und würden dazu noch eine ungemütliche Nacht im Auto haben oder wir machen uns jetzt auf den Weg und umfahren den Fjord.

Nachdem mir die weitere alleinige Fahrplanverwaltung aberkannt worden war, stiegen wir ins Auto und fuhren zähneknirschend los.

Allen war bewusst, dass dieser von mir verursachte Patzer mindestens sechs Stunden mehr Fahrtzeit bedeutete und wir entsprechend spät am nächsten Ziel ankommen würden. Und ob eine Hütte dann noch frei ist? Wir würden sehen. Sonst heißt es mal wieder Camping im Starlet. Unserem kleinen Wohnmobil. Wo auch immer.

# Ein zweiter Kontakt

Auf einem kleinen Rastplatz am Rande eines Dorfes machten wir Halt. Der Parkplatz lag direkt neben einem größeren Bach. Das Ufer war felsig und man musste aufpassen, nicht von den glatten Felsen abzurutschen und ins Wasser zu fallen. Der Bach gebärdete sich an dieser Stelle wild. Wild, wie ein kleines Kind, das ein bisschen auf dicke Hose machen wollte. Etwas angeberisch ließ der Bach das Wasser über die Felsen im Fluss hinweg jagen und versuchte mit aufgewirbelten Spritzwasserwolken die am Ufer liegenden Felsen gleich mit zu überspülen. Es schien, als wolle der Bach größer wirken, als er in Wirklichkeit war. So, als wolle er es mit größeren Flüssen aufnehmen und diesen mit seiner Wildheit imponieren. Sein Imponiergehabe hielt allerdings nicht lange an. Man musste nur dem Flusslauf ein kleines Stück mit dem Blick folgen und schon sah die Welt ganz anders aus. Da wurde der Bach um einiges breiter und ruhiger. Sanft schlängelte er sich durch ein von Bäumen gesäumtes Flussbett mit Kies und Sand. Auf der gegenüberliegenden Seite erstreckte sich eine kleine Wiese, die den dort grasenden Kühen in einem satten Grün zu Hufe lag. Wir standen am Ufer und beobachteten eine kleine Weile das wilde Treiben des Flusses.

Wir waren schon wieder viel zu lange im Auto unterwegs gewesen. Unsere Beine taten vom Sitzen weh und die Pause tat gut. Peter und Kristian beschlossen dem Fluss zu Fuß ein wenig zu folgen und nach Forellen oder vielleicht sogar Lachsen Ausschau zu halten. Ich schlug die andere Richtung ein und bummelte in Richtung Dorf. Das Dorf entpuppte sich als ein sehr übersichtlicher

Ort, der eigentlich nur aus zwei Höfen und einem Handwerksbetrieb bestand. Zu sehen war niemand. Das Dorf war schnell durchschritten, aber ein kleines verwittertes Reklameschild am zweiten Gehöft und eine kleine sehr neue Fahne für einen Eishersteller erregte meine Aufmerksamkeit. Das Haus stand direkt an der Straße und zu meinem Entzücken befand sich unter der Reklametafel und neben der bunten Fahne eine offene Tür zu einem kleinen Tante-Emma-Laden. Es war ein wirklich kleiner Laden. Aber da es bereits schon wieder ein fortgeschrittener Nachmittag war, sah ich hier die letzte Chance vielleicht fürs Abendbrot noch etwas Brot und Milch zu bekommen. Ich betrat das Geschäft und stieß mir fast den Kopf am Türrahmen. Das Haus musste auch schon sehr viele Jahrzehnte auf dem Buckel haben. Alles war klein und wirkte etwas aus der Zeit gefallen. In den letzten 70 bis 100 Jahren schien sich hier nicht viel verändert zu haben. In mir wuchs die Befürchtung, Milch nur in eine selbst mitgebrachte kleine Milchkanne abgefüllt zu bekommen und die Eier einzeln in meiner Tasche oder in Zeitungspapier verpackt mitnehmen zu können. Ich war immer noch alleine im Raum. Die kleinen Glöckchen an der Tür hatten zwar geklingelt, aber eilig schien es hier keiner zu haben seine Kundschaft zu bedienen. In einer Ecke entdeckte ich dann doch noch einen der heute typischen Kühlschränke mit Glastür, hinter der ich Milchtüten und andere Lebensmittel in der mir bekannten Form der Verpackung erkannte. Der Kühlschrank wirkte wie ein Fremdkörper in dieser urigen Umgebung. Aber sein Anblick ließ mich aufatmen. Er gab mir die Gewissheit, doch meine Milch im Tetrapack mit ins Auto nehmen zu können. Aus einer Seitentür kam eine Frau in den Raum, die mit leisen schnellen Bewegungen ihren Platz hinter dem kleinen hölzernen Verkaufstresen einnahm. In ihrer Kittelschürze sah sie aus, als ob sie nur schnell für mich aus dem Stall in den Laden gehuscht gekommen ist, um mich abzukassieren und dann schnell wieder in den Stall zurück zu verschwinden. Unter ihren wachsamen Augen sammelte ich meine Einkäufe zusammen und stellte sie auf die Theke. Auch die Theke konnte ihr Alter, trotz seiner penibel sauber gehaltenen Oberfläche, nicht verstecken. Hier hatten schon einige Generation an Norwegern ihre Einkäufe auf die Theke gestellt und über die Jahrzehnte tiefe Kratzer in der Oberfläche hinterlassen. Vermutlich hat diese Tischoberfläche mehr kleine Milchkannen in seinem langen Leben auf sich stehen gehabt, als Tetrapacks. Heute tat ich etwas für die Quote der Tetrapacks und nahm gleich zwei Tüten mit. Als ich vor der Frau an der Theke stand und wir uns in die Augen sahen, bemerkte ich erst, wie alt die Frau schon sein musste. Aus der Ferne wirkte sie um einiges jünger, was auch die schnellen und geschmeidigen Bewegungen vermuten ließen. Aber jetzt aus der Nähe sah man ihre tiefen Falten, die ein langes und hartes Leben auf dem Land hinterlassen hatten. Die tägliche Arbeit hat sie in Bewegung und geschmeidig gehalten, aber die Haut konnte ihr wahres Alter nicht verheimlichen. Ich grüßte freundlich mit dem einzigen norwegischen Wort, das ich kannte. Hy. Ich rechnete damit, dass sie mich nur schnell abkassieren würde, um dann ihrer Arbeit im Stall wieder nachkommen zu können. Aber wider Erwarten sprach sie mich mit einer leisen Stimme auf Norwegisch an und ich konnte heraushören, dass es eine freundliche Frage war. Ich sah sie an und versuchte zu erraten, was sie mich gerade gefragt hatte. Es arbeitete in meinem Kopf und ich versuchte auf Englisch etwas freundliches zu entgegnen, erntete aber nur ein Kopfschütteln. Das gleiche passierte, als ich auf Deutsch eine Gegenfrage stellte. Jetzt hatten wir ein Problem. Wir sprachen nicht dieselbe Sprache. Doch das störte mein Gegenüber nicht, sprach mich weiter auf Norwegisch an und sah mir dabei in die Augen. Aus unerfindlichen Gründen antwortete ich wieder auf Deutsch und sie hörte mir zu. Ein Lächeln stand in ihrem Gesicht. Jetzt kam das Gespräch in Schwung. Wie führten eine Unterhaltung in zwei unterschiedlichen Sprachen und verstanden uns trotzdem. Ob ich tatsächlich alles verstand was sie sagte, ist schwer nachzuvollziehen, aber über die Augen fanden wir einen Weg uns zu unterhalten. Der Rest wurde mit Gesten und kleinen pantomimischen Einlagen verständlich gemacht. So erzählten wir beide aus unserem Leben.

Ich stand in einem kleinen Laden, der nicht größer war als unsere letzte Hütte, irgendwo in Norwegen, unterhielt mich mit einer Frau in einer Sprache die ich nicht konnte und fühlte mich dabei herzlich willkommen. Das Ganze dauerte vermutlich gerade einmal zehn Minuten, aber es waren intensive Minuten. Wirklich schöne Minuten. Ich lerne: Sprache verbindet, Sympathie vereint.

# Aure

Es fühlte sich wie die Unendlichkeit an. Eigentlich sollte eine unendliche Autofahrt, durch ein so aufregendes Land, mit so viel opulenter Natur, etwas Schönes sein. Aber irgendwann bekommt man den Opulentsoverkill. Man stumpft ab, möchte nur noch die Augen schließen und einfach endlich irgendwo ankommen. Man sehnt sich die Endlichkeit herbei, um sich auszustrecken, seine Augen zu entspannen und zur Ruhe zu kommen. Wir waren seit etlichen Stunden wieder auf der Straße. Nach einer endlosen Anzahl an Kurven hatten wir erneut einen Bergkamm bezwungen und fuhren jetzt wieder einmal eine sich am Hang hinabschlängelnde Straße entlang. Zu unseren Füssen lag ein Fjord, der mit vielen kleineren und größeren Inseln gespickt war. Ich rollte mit den Augen und brummelte ironisch „schon wieder ein Fjord!" vor mich hin. Natürlich war es wie immer eine schöne Aussicht. Aber dieses Mal schwang die Hoffnung auf ein baldiges Ende der Fahrerei für diesen Tag in meiner Bemerkung mit. Der Campingführer hatte irgendwo bei der Stadt Aure einen kleinen Campingplatz in Aussicht gestellt und dieses jetzt unter uns liegende Gewässer müsste, nach unserer guten alten Faltkarte zu urteilen, eigentlich der Fjord dazu sein. Noch etwa 50 Kilometer bis zum Ort Aure versprach uns ein Straßenschild. Der Campingplatz sollte irgendwo im dichteren Umkreis der Stadt liegen. Die Abfahrt vom Berg endete auf einer gut ausgebauten Landstraße, die etwas oberhalb des Wassers entlangführte. Wir kamen gut voran und irgendwann versprach ein kleines Schild am Wegesrand „Hütten zu vermieten." Das Schild kam so unerwartet, dass wir erst einmal ohne anzuhalten vorbeirauschten und diese uns eben gegebene Information in unseren Köpfen verarbeiten mussten. Wir fuhren in eine Haltebucht am Straßenrand, um uns zu sortieren und die Lage zu sondieren. Nach unserem Campingführer hätten wir eigentlich noch deutlich weiterfahren müssen, um den von uns anvisierten Campingplatz zu erreichen. Doch weder Peter, Kristian, noch ich, hatten Lust noch länger im Auto zu sitzen und einigten uns darauf dem Schild eine Chance zu geben. Wir wendeten an der nächsten Möglichkeit und fuhren langsam zurück. Von der Straße aus nahmen wir den Campingplatz mit den versprochenen Hütten erst einmal in Augenschein und um uns einen ersten Eindruck zu verschaffen. Wir wollten es vermeiden, blauäugig auf irgendwelche Höfe zu rollen und irgendwelche Hütten mieten zu wollen, von denen wir nichts wussten. Man will ja nicht die Katze im Sack mieten und später schwer enttäuscht vor der Hütte stehen und sich über das rausgeschmissene Geld ärgern. Das sorgt nur für schlechte Laune.

Der Campingplatz lag etwas unterhalb der Straße, direkt am Fjord. Das Refugium war ein langgezogenes Grundstück, auf dem sich fünf Hütten nebeneinander und ein Waschhaus etwas an die Seite gerückt drängelten. Für Camping war eigentlich gar kein Platz, so schmal war das Grundstück. Ein Wohnmobil hätte nur mit Mühe einen passenden Platz gefunden und das dann auch noch direkt vor den kleinen Terrassen der fünf Hütten. Die Eingänge der Hütten wären damit nahezu versperrt gewesen. Zudem wäre das Wohnmobil die steile Auffahrt zur Straße nie wieder hochgekommen. Der kleine Platz bot, wie bereits gesagt, einfach keinen Platz für Zelte und Wohnmobile. Er war lediglich ausgelegt für die Vermietung von einer Handvoll Hütten. Und davon gab es eben auch nur fünf. Etwas, was uns sehr gefiel und einen ruhigen Aufenthalt versprach.

Es stand kein weiteres Auto auf dem Platz. Die Hütten machten einen sehr gepflegten, aber auch sehr verlassenen Eindruck. Sollten wir trotzdem mal zu den Hütten runterfahren? Sie sahen zumindest nicht nach Klohäuschen aus. Wir taten es, denn keiner von uns hatte mehr Lust weiter im Auto zu sitzen.

Das Areal machte einen ausgesprochen gemütlichen Eindruck, zumal alles sehr klein gehalten war, um nicht spartanisch zu sagen. Mit einem größeren Touristenansturm war hier wohl nicht zu rechnen. Wir befanden uns also in einem Ort, der sich selber Stemshaug nannte und eigentlich nicht mehr, als den Bauernhof auf der einen Straßenseite und die fünf Hütten, zuzüglich Waschhaus, auf der anderen Seite umfasste.

Niemand hatte auf unsere Ankunft reagiert und wir standen noch immer alleine vor den Hütten. Eine Rezeption, Informationstafel oder sonst einen Hinweis auf den Vermieter konnten wir nicht entdecken.

Wenn niemand zu einem kommt, dann muss man selber tätig werden. Wir strebten an, den unbekannten Vermieter zu suchen. Da nur der Hof auf der anderen Straßenseite als Vermietungsbeauftragter in Frage kam, beschlossen Peter und Kristian dort ihr Glück zu versuchen. Ich nutzte lieber das Waschhaus. Als ich nach einer intensiven Sitzung aus dem Waschhaus trat, waren Kristian und Peter noch immer nicht wiederaufgetaucht. Ich konnte sie auch nirgendwo sehen. Also ging ich davon aus, dass sie jemanden gefunden hatten, der bei der Vermietung einer Hütte behilflich sein konnte.

Um nicht untätig herumzustehen, ging ich hinter dem Waschhaus, einem Trampelpfad folgend, den Hang hinab und stand nach wenigen Metern auf einem Bootssteg am Fjord. Ich blickte mich um und sah von unten die Hütten direkt oberhalb der Hangkante stehen. Die Hütten lagen wirklich malerisch. Man konnte aus den Hütten direkt auf den Fjord blicken. Nur einige Büsche und Bäume, die auf der Böschung wuchsen, versperrten ein wenig die grandiose Aussicht. Ich hoffte inständig, dass Kristian und Peter Erfolg haben und wir eine Hütte mieten können. Ich hatte mich in diesen kleinen schnuckeligen Platz verliebt. Hier konnte ich mir einen Aufenthalt von mehreren Tagen sehr gut vorstellen. Ich sah mich schon am nächsten Morgen aufwachen, das Fenster der Hütte öffnen und den unglaublichen Blick aus dem Fenster auf den sonnenbeschienenen Fjord genießen. Was für eine Aussicht muss das aus den Hütten sein. Eine schöne Vorstellung.

Ich stand noch immer auf dem Steg und blickte mich weiter um. Auf der anderen Uferseite konnte ich eine Insel oder eine Durchfahrt erkennen. Ein Seezeichen stand an einem der Ufer, was mich darauf schließen ließ, dass der Fjord recht dicht zur offenen See liegen musste. Ich beschloss, bei erfolgreicher Hüttenanmietung, mir die Lage dieses Gewässers später noch einmal genauer auf der Landkarte anzusehen. Denn, wenn ich ehrlich bin, ich hatte in diesem Moment keine Ahnung, wo ich mich gerade in Norwegen befand. Es bedurfte dringendst einer Standortbestimmung.

Unten am Bootssteg lag ein offenes Boot mit Außenbordmotor im Wasser. Am Ufer stand ein alter Bootsschuppen. Der Anleger und der Schuppen drängelten sich in einer kleinen Bucht, die durch einen großen Felsen zum offenen Fjord hin abgeschottet wurde. Auf diesem Steg lässt sich das aushalten, dachte ich für mich. Ein Stuhl, ein gutes Buch und schon habe ich meine kleine Idylle geschaffen. Was will man mehr. Jetzt konnte ich nur noch die Daumen drücken, dass die Hütten auch tatsächlich zur Vermietung stehen und ich nicht statt des Stuhles auf dem Steg, wieder die Rückbank des Starlets drücken muss.

In guter Hoffnung riss ich mich von dem verlockenden Gedanken an den Stuhl mit Aussicht los und ging wieder nach oben zu den Hütten und unserem Auto. Kristian und Peter kamen gerade den Weg vom Bauernhof hinab und schwenkten einen Schlüssel. Wir hatten eine Hütte.

Während des Auspackens und Beziehens der Hütte, erzählten die beiden, dass ein älteres Ehepaar den Hof betreibt und beide sehr nett sind. Die Vermietung ist eigentlich eher ein Hobby von den beiden. Die Hütten hatte der Mann wohl aus einer Laune heraus an den Fjord gebaut. Der Mietpreis unterstrich die These mit der Vermietung als Hobby. Der Preis für die Nacht war mit Abstand der günstigste, den wir bisher auf unserer Reise für eine Hütte gezahlt hatten. Als Bonus gab es die Möglichkeit ein Boot, vermutlich das von mir am Bootssteg gesichtete, zu mieten.

Das Haus war schnell bezogen. Bei zwei Etagenbetten, einem Tisch und drei Stühlen kein Problem. Die beiden Herdplatten und der winzige Kühlschrank reichten zum Überleben. Notfalls gab es noch im Waschhaus eine Gemeinschaftsküche, auf die man hätte ausweichen können. Alles in allem war es ein kleiner muckeliger Platz, der Lust auf einen längeren Aufenthalt machte.

Was kann einem Besseres passieren, als einen gemütlichen und übersichtlichen Platz zu finden, der alles bietet und einen mit seiner wunderschönen Einfachheit in seinen Bann zieht. Ich bin hier angekommen und habe mich auf Anhieb in diesen Ort verliebt. Dieser Ort wurde von einer unbeschreiblichen Schönheit umgeben. Ob man aus dem kleinen Fenster der Hütte auf den Fjord blickte oder auf der kleinen Terrasse vor der Hütte auf die Wiese schaute. Alles schön, alles Idylle.

Ich schnappte mir, wie auf dem Steg versprochen, die Landkarte und setzte mich an einen Picknicktisch neben den Hütten. Beim Studium der Landkarte eröffnete sich mir eine neuerliche Erkenntnis über den hiesigen Platz. Das Gewässer vor mir war gar kein richtiger Fjord, sondern ein Ausläufer der Nordsee, beziehungsweise des Atlantiks. Die Küste ist hier so zerklüftet, dass sich über die Jahrtausende Inseln im Meer gebildet haben und den Teil des Meeres, auf den wir hier blickten, wie einen Fjord aussehen lassen.

Direkt hinter den uns gegenüberliegenden Inseln, wo das Seezeichen steht, beginnt tatsächlich schon das offene Meer. Für mich blieb das Gewässer trotzdem weiterhin ein Fjord. Ob die Bezeichnung nun richtig war oder nicht. Ferner stellte ich fest, dass wir uns in der Kommune Aure aufhielten und der eigentliche Ort Aure sich noch etwa 20 Kilometer weiter, der Landstraße oberhalb unserer Hütte folgend, befand. Ansonsten war Aure auch die einzige auf der Landkarte verzeichnete größere Stadt im weiteren Umkreis. Wo sich der eigentlich von uns angepeilte Campingplatz befinden sollte, entzog sich meiner Kenntnis. Aber wir würden vermutlich in den nächsten Tagen uns auf die Suche nach diesem Campingplatz machen müssen. Schließlich waren wir ja mit Arne und Arne dort verabredet. Die wussten ja noch nichts von unserem unvorhergesehenen Platzwechsel.

# 99 Zentimeter

Es gibt Orte, da kommt man an und fühlt sich auf Anhieb wohl. Mit diesem kleinen Hüttenplatz hatten wir einen solchen Platz gefunden. Alles passte. Das Wetter, die Umgebung, die Stimmung. Dieser Ort machte es einem einfach sich wohlzufühlen.

Am späten Nachmittag fuhr ich mit Peter noch einmal auf den Fjord. Es war grandios ein Boot mit Motor am Haus zur Verfügung stehen zu haben und nach Lust und Laune auf den Fjord hinausfahren zu können. Ob zum Angeln oder Sightseeing. Das Boot hatte eine solche Qualität, dass man nicht einmal mit nassen Füssen rechnen musste. Es war ein absolut solides Boot, in dem man sich ziemlich sicher fühlen konnte. Wir fuhren bis zur Mitte des Fjords. Von hieraus konnte man auch das Seezeichen an der Durchfahrt zum offenen Meer genauer sehen. Ein kleiner rot-weißer Bretterverschlag mit Laterne auf einem Felsen. In die andere Richtung konnten wir unser Haus noch als kleinen Punkt am Ufer erkennen. Hier beschlossen wir den Motor abzustellen und uns mit der Strömung treiben zu lassen.

Eine entspannte Ruhe umgab uns, nachdem das letzte Gluckern des Motors verhallt war. Es war angenehm warm und nur ein leichter Wind strich um uns herum. Ruhig bereitete ich meine Angelrute vor. Ich hatte als Vorfach fünf giftgrüne Kraken angebaumelt. Sie sahen ein wenig so aus, wie diese kleinen Spielzeugspinnen aus Gummi, die man an die Scheibe werfen konnte und die dann langsam an der Scheibe hinab glitten oder krabbelten. Je nachdem, wie oft diese bereits auf dem Teppich gelandet waren und sich mit Fusseln vollgeklebt hatten. Aber dieses

Vorfach war mein ganzer Stolz und war bisher unbenutzt. Ich setzte große Stücke auf meine kleine Errungenschaft im Angelladen. Ich war davon überzeugt, dass die Fische doch auf so etwas hier fliegen müssten. Um das Ganze perfekt zu machen, hängte ich noch einen schweren Pilker an das Ende von dem ganzen Gebimmsel. Ich wollte sicher gehen, dass er die Gerätschaft auch gegen die Strömung auf den Grund des Fjordes befördern konnte. Als die Angeln ausgebracht waren, lehnten wir uns zurück und hörten den kleinen Wellen beim Schlagen gegen das Boot zu. So lagen wir sehr lange in unserem Boot, ohne dass etwas passierte. Die Fische schienen von meinem coolen Krakenvorfach nicht sonderlich beeindruckt zu sein und niemand zeigte sich geneigt mal beherzt zuzubeißen. Es war aber auch nicht schlimm. Es war angenehm, einfach in dem Boot zu liegen und dabei die Ruhe, das Wetter und die langsam vorbeigleitende Landschaft aufzusaugen. Auch bei Peter tat sich nichts. Peter saß mir ruhig und entspannt gegenüber. Keiner von uns beiden war über den mangelnden Zuspruch der Fische böse. Wir genossen das gute Wetter und die Natur. Alles ruhig und im Einklang.

Nach etwa zwei Stunden hatte uns die Strömung fast bis zur Brücke, die den Fjord einige Kilometer weiter von unserer Hütte entfernt quert, getrieben. Unser Abendbrot ließ noch immer auf sich warten. „Dann gibt es wohl Brot am Abend, wenn der Fisch nicht will. Vielleicht haben wir ja morgen mehr Glück!", sagte Peter. Wir beschlossen die Angeln einzuholen und uns auf den Rückweg zu machen. Ich zog noch einmal kräftig an meiner Angelrute und stieß wider Erwarten auf einen Widerstand. „Och nö, bitte keinen Hänger" stöhnte ich. Vermutlich hatte sich der Pilker jetzt am Grund zwischen zwei Felsen verhakt. Ich fluchte und beschimpfte den ollen Felsen, der jetzt meinen Pilker und auch noch meine giftgrünen Kraken festhielt. Ich zog und zerrte an meiner Angel, aber nichts bewegte sich. Ich ließ noch einmal etwas Sehne nach, in der Hoffnung, dass sich der Pilker noch einmal ganz auf den Grund legt und sich dadurch vom Grund lösen ließ. Noch einmal holte ich die gegebene Sehne wieder ein und zog mit aller Kraft. Mit einem Mal gab die Sehne dem Zug nach und meine Angelrute schnellte nach oben. Fast wäre ich nach hinten ins Boot gefallen. „Abgerissen", war mein erster Gedanke. Jetzt konnte ich nur noch hoffen, dass nicht alles abgerissen war. Ich kurbelte an meiner Spule, um die Angelsehne wieder einzuholen. Es gab keinerlei Widerstand beim Spulen. Ich gab die Hoffnung auf, noch irgendetwas von meinem Vorfach retten zu können. Ein unerwarteter Ruck ging durch die Angel und bog die Rutenspitze bis auf die Wasseroberfläche. Ich war so überrascht, dass mir fast die Angel aus den Händen geglitten wäre. Peter sah mich irritiert an und fragte, ob ich einen weiteren Hänger habe. Ich konnte ihm diese Frage noch nicht beantworten. Noch hatte ich die Situation nicht vollständig im Griff und noch konnte ich das Geschehen nicht endgültig einordnen. Irgendetwas hatte ich am Haken. Und es war verdammt schwer. Mehr konnte ich noch nicht sagen. Ich pumpte. Ich fragte Peter, wie tief es hier unter uns ist. Er tippte auf 20 Meter. Ich pumpte und kurbelte. 20 Meter, das kann ein langer Weg werden. Noch hatte ich kein weiteres Rucken in der Rute gespürt. Hatte ich jetzt ein Stück Treibholz geangelt oder, wie in schlechten Comics so schön beschrieben, einen alten Schuh am Haken? Oder war es vielleicht doch ein Fisch? Ich fragte Peter, wie sich ein

Steinbeißer verhält, wenn er ungewollt an die Wasseroberfläche befördert wird. Das war die richtige Frage für Peter. Jetzt packte er seine Gruselschichten aus und riet in diesem Falle erst einmal dem Steinbeißer ein Ruderblatt vors Maul zu halten, wenn er an die Oberfläche kommt. Damit er was hat, in das er zuschnappen und sich festbeißen kann. Das Gebiss und die Beißkraft sind legendär und der Name kommt nicht von ungefähr. Der Steinbeißer knackt mit seinem Gebiss Muscheln, Schnecken und Krebse. Peter kam in Fahrt und beschrieb erst einmal ausgiebig die Ausmaße der ihm bekannten Bissverletzungen und dann ein Bild, welches er in einer Angelzeitschrift gesehen hatte, auf dem ein gesplittertes Ruderblatt zu sehen war. Das Werk eines Steinbeißers, der sich verbissen hatte. Mir ging die Muffe und langsam auch die Kraft aus. Jetzt spürte ich auch Bewegungen in der Angelrute. Einen kämpfenden Fisch, der sich am Ende meiner Angelsehne gegen meinen Zug stemmte. Und er hatte Kraft. Teilweise konnte ich nur mit Mühe dagegenhalten und zeitweise die Sehne nicht mehr auch nur einen Zentimeter weiter einholen. Nur Gegenhalten und warten konnte ich. Umdrehung für Umdrehung pumpte ich meinen Gegner in einer endlos wirkenden Zeitspanne nach oben. „Hoffentlich ist es kein Steinbeißer, hoffentlich ist es kein Seeungeheuer", leierte ich diesen Satz wie ein Mantra in meinem Kopf runter. Mein Gehirn schlug Kapriolen und durchforstete alle Möglichkeiten, was am Ende meiner Angel hängen könnte. Die Spannung stieg und auch Peter wurde neugierig, was ich da wohl so mühevoll nach oben bugsierte. Peter hing jetzt über der Bordwand und stierte ins Wasser, in der Hoffnung bereits das Objekt in dem glasklaren Wasser zu sichten. Er gab Bericht, dass etwas in weiter Tiefe erkennbar wurde.

Lichtreflektionen sollten erkennbar sein. Und es bewegte sich. Aber was es war, vermochte er noch nicht zu sagen. Ich kämpfte, ich ächzte und stellte fest, dass meine Kräfte merklich schwanden. Ich hoffte, dass unser Ruderblatt stabil genug ist. Endlich durchbrach mein Fang die Wasseroberfläche. Jetzt sah ich zum ersten Mal, mit was ich mich die ganze Zeit abgemüht hatte, konnte es aber auf den ersten Blick nicht zuordnen. Überall hingen kleine giftgrüne Kraken um das Objekt verteilt und verdeckten meinen Fang. Ich war mit meinen Kräften am Ende. Peter packte beherzt die Angelsehne und hievte den Fang an Bord. Ich zog erschrocken die Füße ein. Wie konnte Peter das Monster an Bord holen, ohne zu wissen was es ist? Aber er hatte im Gegensatz zu mir die Situation im Griff und wusste schon, was er da an der Leine hat. Erst jetzt erkannte dann auch, dass es sich um einen Dorsch von beeindruckender Größe handelte. Zwar weniger groß, als mein Kampf mit ihm vermuten ließ, aber ich war trotzdem beeindruckt. Er hatte sich bei seinem Kampf in mein Krakenvorfach gewickelt und damit im Wasser quergestellt. Das erklärte auch den enormen Widerstand im Wasser und die geringe Gegenwehr von dem Dorsch. Er hatte sich selbst gefangen und seine Bewegungsmöglichkeiten eingeschränkt.

Langsam senkte sich bei mir der Adrenalinspiegel auch wieder auf ein Normalmaß. Erschöpft, aber glücklich saßen wir im Boot und stellten fest, dass es dann wohl doch kein Brot zum Abendessen geben wird.

Eine spätere Messung ergab eine Länge von 99 cm. Der Fang des Urlaubs und für mich das Ende meiner norwegischen Angelambitionen. Mir tat der Dorsch ein wenig leid. Er war so groß und alt geworden und dann komme ich und reiß´ ihn aus seinem

Zuhause. Und außerdem konnte ich langsam keinen Fisch mehr sehen. Ich stand kurz vorm Eiweißschock.

Kristian erklärte sich bereit das Abendessen vorzubereiten. Peter und ich übernahmen den Fisch und gingen runter zum Anleger. Hier gab es einen kleinen Platz zum filetieren. Es ging auf den Abend zu und die Sonne versteckte sich bereits hinter den Bergen. Der Wind war jetzt gänzlich eingeschlafen. Die richtige Zeit für die Gnitten. Diese kleinen blutsaugenden Fliegen, die zu Tausenden einen umschwirren und malträtieren. Wir sahen mit unseren unzähligen roten Punkten am Körper aus wie Streuselkuchen. Wir bildeten uns ein, die Viecher mit Rauch auf Distanz halten zu können und so hüllten wir uns in Wolken von Zigarettenrauch. Ähnlich, wie der Imker sich seine Bienen vom Leibe hält. Schwierig ist es für denjenigen, der das Filetieren übernimmt. Fisch, Messer, Zigarette, da fehlt eine Hand. Also musste der Zweite das Rauchen übernehmen und dem am Filetiermesser stehenden den Rauch ins Gesicht blasen. Eine Zigarette nach der anderen wurde angesteckt und in Windeseile aufgeraucht, um die vermeintlich schützende Wolke um einen herum aufrecht zu erhalten. Wenn man sich überlegt, dass das Rauchen in den meisten Restaurants und Kneipen verboten ist und das Rauchen immer mehr verpönt wird, dann mutet es schon skurril an, an einem Fjord zu stehen, jemandem den Rauch ins Gesicht zu blasen und der Angeblasene das auch noch toll findet.

Zur Feier des Tages schmiss ich eine Runde Wodka und wir begossen ausgiebig den Dorsch. Fisch will schwimmen und dieser Dorsch hatte es verdient.

# Drei Männer im Fjord

Der Morgen begann mit Kopfschmerzen. Am Vorabend hatten wir es noch einmal richtig krachen lassen – soweit es mit unseren begrenzten Möglichkeiten überhaupt möglich war - und den Fisch gebührlich schwimmen lassen. Dabei wurden fast unsere letzten Alkoholreserven vernichtet. Das war nicht mehr übermäßig viel, aber es reichte für Kopfschmerzen und schlechten Atem am nächsten Morgen. Das Schöne war, es störte niemanden. Wir waren ja alleine auf diesem beschaulichen Campingplatz.

Unser Tag begann gegen Mittag. Es war ruhig wie eh und je auf dem Platz. Doch am frühen Nachmittag kam Bewegung in unseren kleinen Kosmos. Langsam füllte sich der kleine Campingplatz. Eine Familie rollte auf den Hof und bezog die Hütte etwas weiter rechts von uns. Wir grüßten uns, etwas Smalltalk, das war es dann auch. Die Eltern waren etwa Mitte Dreißig und kamen aus Norwegen. Die Tochter schätzte ich auf vielleicht 12 Jahre und sie kam ebenfalls aus Norwegen. Ich musste an Roy und seine Frau denken, die wir in Sandnessjøen kennengelernt hatten. Allerdings war diese Familie nicht auf Dauerrundreise wie Roy. Das sah man sofort. Ein direkter Vergleich zwischen der Familie von Roy und dieser Familie war nicht wirklich möglich und entbehrte jeglicher Grundlage. Es verhielt sich so wie Troll und Gartenzwerg. Diese Familie kam aus Oslo, machte einen gesellschaftlich anerkannten Eindruck und bestritt ihren Urlaub in ähnlicher Weise wie wir. Allerdings nicht in einem Starlet, sondern in einem geräumigen Kombi.

Was für ein komisches Gefühl, plötzlich den Campingplatz mit jemand anderem teilen zu müssen. Wir hatten ja bis zu diesem

Zeitpunkt den gesamten Platz für uns gehabt und konnten tun und lassen was wir wollten. Nicht, dass wir ausschweifend gelebt hätten, von der letzten Nacht einmal abgesehen, aber das Gefühl Rücksicht nehmen zu müssen, machte sich in meinem Kopf wieder breit. Anklopfen am Waschhaus und warten an der Gemeinschaftsküche mussten wir uns erst einmal wieder angewöhnen. Wie schnell man sich an solch einen Luxus, wie einen „eigenen" Campingplatz, gewöhnen kann. Wir waren ja auch erst zwei Tage hier und auf den bisherigen Plätzen hatten wir immer mit weiteren Gästen den Platz, das Waschhaus und die Küche teilen müssen. Man merkt, ich kann ziemlich gut auf hohem Niveau jammern.

Das Leben ging weiter. Peter und Kristian enterten mit ihren Angelruten wieder das kleine Motorboot und fuhren hinaus auf den Fjord. Deren Heißhunger auf Fisch war noch lange nicht gestillt. Ich hingegen nutzte lieber das gute Wetter und legte mich unten am Wasser auf den großen Felsen. Mein Buch war die letzten Tage mal wieder von mir stark vernachlässigt worden, aber mittlerweile war mein Bedarf an Angelausflügen gedeckt und ich wollte meinem Buch ab jetzt mehr Zeit einräumen.

Der Felsen, auf dem ich saß, hatte die Wärme der Sonne reichlich aufgenommen und gab mir ein warmes Plätzchen. Ich genoss die Ruhe und die Zeit. Ich legte das Buch zur Seite und döste ein wenig im warmen Wind. Nach einer Weile wurde ich durch ein Geräusch hinter meinem Felsen in meiner Döserei gestört. Es klang, als wäre etwas ins Wasser gefallen und einige weitere nicht einzuordnende Geräusche erfüllten die Luft. Ich stand langsam auf, um über meinen Felsen blicken zu können. Meine Neugierde war geweckt und ich wollte dem Geräusch auf den Grund gehen. Ich mochte es kaum glauben, was ich da sah. Das zwölfjährige Mädchen von unseren norwegischen Hüttennachbarn, war zum Schwimmen in den Fjord gesprungen. Freiwillig!!! Und jetzt plantschte sie und schwamm auch noch weiter hinaus auf den Fjord. Am Tag vorher hatte ich noch einen Wassertest mit den Füßen gemacht. Das Wetter war toll und warm, aber das Wasser ließ mangels Gradzahl die Füße absterben und ich beschloss das Baden lieber sein zu lassen. Und jetzt schwamm dieses Kind im Fjord und lebte noch. Sie hatte sogar Spaß dabei. Wieso konnte das Mädchen einfach so ins Wasser springen, schwimmen, planschen, Spaß haben und nicht dabei vor Kälte sterben? Ich dachte über das Gesehene nach und stellte fest, dass es wohl an mir liegen musste. Ich fühlte mich wie eine Lusche. Wie ein verwöhnter Warmduscher aus der Großstadt. Von einem echten Nordmann weit entfernt. Ungefähr so weit, wie ich in diesem Moment vom Nordkap entfernt war.

Nachdenklich ging ich zurück zu unserer Hütte und überlegte, wie ich Kristian und Peter davon überzeugen konnte, doch einmal das Wasser zu testen. Oder sollte ich diese kleine Geschichte mit dem Mädchen im Fjord lieber gar nicht erst ansprechen und für mich behalten? Wenn es keiner weiß, dann will auch keiner Baden und ich sterbe nicht den Kältetod. Aber das kleine Mädchen hatte meinen Ehrgeiz geweckt, es gab keinen Weg mehr zurück. Jetzt musste ich nur noch die beiden Anderen bei der Ehre packen. Ich will ja schließlich nicht alleine im Fjord sterben. Aber ich wollte im Fjord baden. Ich wollte mir das Prädikat „Nordmann" verleihen können und dafür braucht man Zeugen. Vorher setzte ich mich noch einmal in die Sonne auf unserer kleinen Terrasse. Wärme speichern für später.

Irgendwann kamen meine beiden Fischer zurück. Der Fisch fürs Abendessen lag im Eimer. Ich hätte kotzen können, ich konnte keinen Fisch mehr sehen.

Ich erzählte die Geschichte mit dem Nachbarsmädchen und ihrem beinharten Auftritt am Fjord. Kristian und Peter hatte ich mit der Aussicht auf Männlichkeit ziemlich schnell im Sack und innerhalb von 10 Minuten waren wir in Badehosen auf dem Weg zum Steg. Je näher wir dem Steg kamen, umso mehr verlangsamten sich allerdings unsere Schritte. Am Steg angekommen, kam dann das große Zögern. Die anfängliche Euphorie war irgendwie auf dem Weg von der Hütte bis zum Steg verloren gegangen. Wir brauchten einen neuen Anstoß. „Auf die Männlichkeit", war das Stichwort. Mit einem Hurra setzten wir uns alle auf den Anleger. Erst einmal die Füße baden, den Körper an die Temperatur gewöhnen und dann Stück für Stück weiter ins Wasser gleiten. Nichts muss, alles kann. Wir wollen ja keine Herzattacken schüren. Die drei Gestalten, die zögerlich ihre Füße im Fjord badeten, müssen für Norweger ein ziemlich erbärmliches und unmännliches Bild abgegeben haben. Wir waren einfach nicht männlich genug, mit einem Hurra direkt in den Fjord zu springen. Der kleine Bootsanleger bot leider keine Badeleiter für einen langsamen und bequemen Einstieg in das kalte Nass. Es gab leider nur die Möglichkeit vom Steg direkt ins Wasser zu kommen. Die Alternative wäre der Weg vom steinigen Ufer aus ins Wasser zu gehen, aber der Weg hätte mehr Schmerzen an den Füßen verursacht, als ein schneller Abgang vom Steg ins Wasser. Wir saßen also nebeneinander auf dem Anleger und versuchten langsam, uns hinterm Rücken abstützend, ins Wasser gleiten zu lassen. Das letzte Stück von den Oberschenkeln bis zum Kopf bedurfte dann allerdings doch eines beherzten Sprungs. Aber es dauerte und keiner zeigte eine besondere Eile. Toll, wie lange man sich mit den Armen hinter dem Rücken so an der Stegkante abstützen kann, wenn es um die Wässerung des zentralen und sensiblen Bereiches des Mannes mit kaltem Wasser geht. Peter war letztendlich der Erste, der seinen Mut zusammennahm und ins Wasser glitt. Kurze Zeit später folgte Kristian und nun lag es an mir nachzuziehen. Ich dachte an das Mädchen. Innerlich verfluchte ich das Mädchen, eigentlich verfluchte ich noch viel mehr meinen Ehrgeiz. Ich war der Letzte von uns Dreien, der noch nicht vollständig im Wasser war. Ich hatte uns die Suppe eingebrockt. Ich durfte jetzt nicht kneifen. Ich biss die Zähne zusammen, dachte an den Titel „Nordmann" und ließ mich fallen. Schmerz und Dunkelheit umgaben mich. Ich vergaß zu atmen. Mein Körper konnte mit so viel Kälte nichts anfangen und auch das Gehirn schien einen leichten Gefrierschock erlitten zu haben. Nachdem ich mit dem Kopf wieder über der Wasseroberfläche war und das Bewusstsein langsam wiedererlangte, begann ich auch wieder mit der Atmung und selbstständigen Schwimmbewegungen. Die Funktionstüchtigkeit meines Körpers war trotz Ganzkörpervereisung doch noch gegeben. Ich schwamm im Fjord. Vielleicht etwas zu hektisch, aber ich schwamm. Das Wasser hatte eine männlich gefühlte Wassertemperatur von 3 cm. Aber es schadete nicht. Es war ein tolles Gefühl. Ich genoss es einfach. Hals abwärts war eh´ jetzt alles betäubt und je mehr man sich bewegte, umso angenehmer wurde das Wasser. Wir schwammen im Fjord. Ein kleiner Schritt für die Menschheit, ein großer Schritt für mich in Richtung Nordmann. Na ja, bei den Temperaturen erst einmal nur zum Nordmännchen.

An diesem Tage wurde von Peter zum ersten und letzten Mal in diesem Urlaub die Räuchertonne vom Wagendach geschnallt, aus dem blauen Müllsack befreit und für die Zubereitung der am Morgen gefangenen Makrelen genutzt. Ich stellte fest: Geräucherte Makrelen sind nicht meins und ohne einen passenden Akvavit sind diese vor Fett triefenden Dinger nicht von meinem Magen zu verdauen. Für Peter und Kristian waren die geräucherten Makrelen ein Leckerbissen, für mich eine störende Magenbelastung bis zum nächsten Tag.

# Die Stadt Aure

Aure ist eine kleine überschaubare Stadt und Kommune in der Provinz Møre og Romsdalen. Hier findet man eigentlich nichts außer Landschaft. Die Stadt selber liegt an einem der Atlantikausläufer, die sich durch das zerklüftete Land ziehen.

Die Stadt hat nicht übermäßig viel zu bieten. Es gibt eine Tankstelle und ansonsten viel Nichts. In diesem Nichts stand bei unserem Besuch lediglich ein sehr übersichtliches Einkaufszentrum, was mich dazu verleitete in dem kleinen Drogeriemarkt nach langer Zeit mal wieder Musikkassetten zu kaufen. Das es so etwas noch hier gab, erstaunte mich. Aber wir brauchten dringend neue Musik. Sowohl fürs Auto, als auch für die Hütte. Ich konnte die aus dem Radio mitgeschnittenen Musikkassetten von Peter nicht mehr hören. Unser Ghettoblaster brauchte einfach mal neues Futter und ich war glücklich hier in Aure ansprechendes Futter gefunden zu haben.

Auch wenn die Stadt Aure wirklich nicht viel zu bieten hatte, tat es gut einmal wieder eine Art von Stadt zu betreten, Menschen zu sehen und einen Minikonsumtempel zu betreten. Sie war die größte Stadt, die wir in den letzten 10 Tagen zu Gesicht bekommen haben und bildete dadurch eine willkommene Abwechslung. Ansonsten war hier das Ende der Welt und das ist wörtlich zu nehmen. Bei unserer späteren Abfahrt von unserem Campingplatz, passierten wir Aure, um eine in unseren Karten verzeichnete Fährverbindung zu nutzen, die uns etliche Kilometer zu unserem nächsten Etappenziel ersparen sollte. Leider standen wir nach vielen Kilometern vor einem verfallenen Bootsanleger, an dem seit Jahren keine Fähre mehr angelegt hatte. Die Straße selber endete wenige hundert Meter weiter im Nichts. Genauer gesagt auf einer Kuhwiese, wo uns vier in ihrer Ruhe gestörte Viecher mit großen Kuhaugen ansahen.

Ich fand allerdings in Aure einen Ort, der mich auf eine etwas andere Art und Weise anzog. Der örtliche Friedhof. Die Lage dieses Friedhofs war exponiert und strahlte in der Sonne eine friedvolle und gelassene Ruhe aus. Die in weiß gehaltene kleine Holzkirche stand, von hohen Laubbäumen umringt, auf einer kleinen Anhöhe und blickte auf seinen zum Fjord abfallenden Gottesacker. Die Gräber waren in Richtung des Wassers ausgerichtet und hatten einen einmaligen Blick über den Fjord in Richtung offener See. Ich war eigentlich noch nicht in dem Alter, in dem man über den Tod und alles was nach dem eigenen Ableben noch so kommen sollte, viele Gedanken verschwendet. Ich hatte ja noch nicht einmal angefangen richtig zu leben, geschweige denn angefangen über mein bisheriges Leben zu reflektieren. Aber dieser Friedhof hatte etwas in mir berührt. Dieser Friedhof hatte nichts von dem üblichen morbiden Charme, den andere Friedhöfe so gerne mal ausstrahlen. Mein Interesse für Friedhöfe hält sich grundsätzlich in Grenzen. Aber ich muss zugeben, dass es Friedhöfe gibt, die in mir etwas auslösen und mich in irgendeiner Form gefangen nehmen. Was es genau ist, vermag ich gar nicht zu sagen. Es gibt wirklich sehr schöne Friedhöfe auf der Welt. Der Friedhof der Heimatlosen in Westerland auf Sylt ist beispielsweise solch ein Ort. Dieser Friedhof wurde für die unbekannten Seeleute angelegt, die vom Meer an die Strände gespült wurden. Ein Ort, der viele unbekannte Lebensgeschichten und Schicksale aus aller Welt vereint und hier eine letzte Heimat gibt. Und wenn man ganz still ist, dann hört man die Seeleute ihre Geschichten erzählen.

Auch ein kleiner Friedhof auf der Insel Mallorca zog mich in seinen Bann. Er punktete mit seinen gepflegten Gruften und Marmorplatten. Dazwischen standen oder hingen immer wieder kleine Blumengestecke in kleinen Vasen. Alles unfassbar gepflegt und aufgeräumt. Aber liegen möchte ich auf diesen Friedhöfen nicht. Und schon gar nicht auf dem vielleicht schönsten, aber auch morbidesten aller Friedhöfe, den ich je besucht habe. Dem *Cimetiére du Pére Lachaise* in Paris. Ein uriger Friedhof, dem man sein Alter durchaus ansieht. Das Who is Who der französischen Gesellschaft liegt hier begraben. Von Gilbert Bécaud über Sarah Bernhardt, bis Chopin und Oscar Wilde. Mit seinen hohen, gewaltigen Laubbäumen links und rechts der kleinen kopfsteingepflasterten Gassen, den alten Gruften, verwitterten Steinen und Grabplatten, teils gebrochen und eingefallen, hat dieser Friedhof eine ganz eigene morbide Aura. Unzählige Mausoleen in allen Größen, mit teils offenen Türen, tun ihr Übriges. Wie Jim Morrison das da aushält, ist mir ein Rätsel.

# A & a

Plötzlich standen sie vor unserer Tür. Etwas unerwartet, aber freudig von uns begrüßt. Da waren Sie Arne & Arne. Großarne und Kleinarne. Der Große in etwa 2 Meter lang, sein Kompagnon nur 1,70 Meter kurz. Kurz „A & a". Vor wenigen Tagen hatten wir noch mit dem großen Arne in Deutschland telefoniert und schon standen wir uns in Norwegen gegenüber. So klein ist die Welt.

Erstaunlich, dass es geklappt hat, sich irgendwo mitten in der Pampa von Norwegen, mit jemandem in einem grob gesteckten Zeitfenster zu verabreden und sich dann auch noch tatsächlich zu treffen. Erschwerend kam ja noch hinzu, dass wir als Treffpunkt eigentlich einen ganz anderen Campingplatz vereinbart hatten, der von unserem jetzigen Standpunkt aus gesehen, auf der anderen Seite von Aure liegen musste. Wir hatten es noch nicht geschafft diesen zu suchen und nachzusehen, ob A & a schon dort sind.

Nur durch Zufall hatten A & a unser Auto neben der kleinen Hütte auf dem kleinen Platz unterhalb der Landstraße stehen sehen und spontan gehalten. Da hatten wir ja nochmal Glück gehabt.

Es war schön mal andere Gesichter zusehen. A & a belebten unseren Alltag in jeglicher Hinsicht. Die beiden brachten neue Themen, neue Ideen, neue Musik und neue Kartenspiele in unser Leben.

A & a erzählten, dass sie bereits eine Nacht auf dem eigentlich von uns anvisierten Campingplatz verbracht hatten, der aber dieser Behausung hier nicht das Wasser reichen konnte und die beiden nur durch puren Zufall auf dieser Straße entlang gefahren sind, um sich nach einem anderen Platz umzusehen.

Dabei hatten A & a eine Sehenswürdigkeit entdeckt, die sie uns dann auch wärmstens ans Herz legten. In den höchsten Tönen lobten sie diese Attraktion, die gar nicht weit von hier entfernt liegen sollte. Auf der anderen Fjordseite sollte eine tolle Höhle liegen. Man müsste wohl ein wenig wandern, um diese zu erreichen, aber es sollte sich wirklich lohnen und der Weg sollte auch recht OK sein. Dabei nickten sie sich gegenseitig bestätigend zu. Wir mussten bei der Anpreisung der Höhle unweigerlich an die Empfehlungen des älteren Herrn in Austrått denken, der ebenfalls großspurig die nördlichste Linde und die hohle Eiche als sehenswert anpries. Dass unser Besuch der beiden Bäume letztendlich ein Reinfall war, hatten wir noch nicht vergessen. Aber der Tipp kam ja jetzt von Freunden, also sollte sich der Besuch bei der Höhle vielleicht doch lohnen.

Als Tourist ist man schließlich wissbegierig und so machten Peter, Kristian und ich uns am nächsten Tag auf den Weg die Höhle zu besichtigen. Wir fuhren mit dem Auto etwa 10 Kilometer in die uns beschriebene Richtung und fanden tatsächlich einen kleinen Parkplatz, der auf die Beschreibung von A & a passte. Sogar ein kleines Schild deutete auf eine Höhle hin. In Turnschuhen und Slippers machten wir uns auf den Weg. Der Weg wurde zusehends schlechter und irgendwann war es nur noch ein Trampelpfad durch eine Moorlandschaft. Unsere Schuhe verschwanden in den Pfützen und von einem Weg der „OK" sein sollte, war dieser Weg weit entfernt. Kühe sahen uns teilnahmslos bei unserer Expedition zu. Ob wir noch immer auf dem richtigen Weg zur Höhle waren, war mangels Wegweisern nicht zu erkennen. Doch tatsächlich öffnete sich nach einigen Kilometern der von uns angesteuerte Berg und gab den Blick auf eine Höhle frei. Unsere Schuhe waren als solche nicht mehr zu erkennen, als wir endlich die Höhle erreichten. Alles war nass und voller was-auch-immer. Diese Höhle entpuppte sich als ein künstlich in den Felsen geschlagener Überhang, wurde aber tatsächlich den Touristen als eine echte Höhle verkauft. Es lag sogar ein Gästebuch bereit, in dem man seine Gefühle, Danksagungen oder sonstigen Unsinn, zu dem man sich an diesem spirituellen Ort genötigt fühlte, einschreiben konnte. Ich fühlte mich gelinde gesagt verarscht und fühlte mich unangenehm an die unsinnige Wanderung zur nördlichsten Linde und der hohlen Eiche in Austrått erinnert. Nur, dass wir da von einem älteren Herrn veräppelt worden sind und nicht von Freunden. Diese Höhle, die keine Höhle war, dieser Weg, der kein Weg war und dann noch dieses lächerliche Gästebuch. Was soll man da eintragen? Wie schön es hier ist? Lächerlich. Dieses Gästebuch verspottete einen förmlich. „Du hast den Weg ins Nichts geschafft, jetzt darfst du deinen Dank ausdrücken!" A & a hatten uns so richtig reingelegt. Die sitzen jetzt in Aure an ihrer Hütte in der Sonne und lachen sich kringelig über unseren Ausflug. Ich musste allerdings zu geben, der Weg und die Höhle waren so aberwitzig schlecht, ich hätte A & a auch hierhergeschickt, wenn ich diese Höhle vor den beiden entdeckt hätte. Aber Rache ist süß und irgendwann wird sich die Möglichkeit für eine Revanche schon noch ergeben.

Das Schöne an dem Besuch von A & a war, die neuerliche allabendliche Unterhaltung. Mit fünf Leuten konnte man neue Aktivitäten am Abend unternehmen. Man lehrte uns ein neues Kartenspiel, welches uns neben Skat durch den weiteren Urlaub begleiten sollte. Schwimmen. Ein simples Kartenspiel in dem man durch etwas Glück und Geschick eine bestimmte Kartenkonstellation von drei Karten zusammensammeln soll und dadurch das Spiel beenden kann. Jeder Mitspieler hat einen Einsatz von insgesamt drei „Leben". Bei uns waren es Kronenstücke. Hat jemand die Runde mit der höchsten Kartenmöglichkeit beendet, zählt wer am wenigsten Punkte auf der Hand hat. Der mit den wenigsten Punkten, muss ein „Leben" oder wie bei uns eine Krone in die Mitte legen. Wer dreimal verloren hat, schwimmt. Wer dann noch einmal verliert ist raus und hat verloren. Gespielt wird, bis nur noch ein Mitspieler übrig ist. Der Gewinner erhält den Pott mit den verlorenen Leben der Anderen. Eine amüsante und auch emotionsgeladene Beschäftigung. Mit A & a ein allabendlicher Zeitvertreib, der a in den Wahnsinn trieb. Ich habe selten jemanden erlebt, der so wenig Glück beim Kartenspielen hatte. Er verlor Runde um Runde und seine Kronen wechselten all abendlich den Besitzer.

Das Leben in Aure war süß. Die norwegische Familie verabschiedete sich bereits wieder nach zwei Tagen. Ebenfalls weiter in Richtung Küste, so wie wir unseren weiteren Weg auch planten. Ob die zeitige Abfahrt an uns lag, weiß ich nicht. Der Campingplatz war zumindest wieder unser und es kamen auch in den folgenden Tagen keine weiteren Gäste, die uns hätten „stören" können. Doch leider nährte sich auch für uns der Tag des Abschieds. Wir hatten jetzt 5 Tage hier verbracht und uns an das gute Leben gewöhnt. Aure hätte auch ein kleines Stück vom Paradies sein können, als so schön empfand ich es hier.

Hier mussten wir jetzt eine entscheidende Wahl für unsere weitere Reiseroute treffen. Fahren wir weiter zur Küste, besuchen Ålesund und fahren dann weiter die Küste runter oder wollen wir eher im Landesinneren bleiben und den Trollstigen, mit dem nahe gelegenen Geirangerfjord, besuchen? Die Entscheidung fiel nicht leicht, aber am Ende wollten wir doch noch einmal, wie auf unserer Studienreise, über den Trollstigen fahren und jede einzelne Serpentine bis zum Pass genießen.

Eigentlich schade, denn Ålesund wäre bestimmt ebenfalls eine interessante Angelegenheit geworden. Schon aufgrund ihrer spannenden Geschichte. Mit dem Verlust eines Großteils seiner Innenstadt durch einen verheerenden Brand im Jahre 1904 und dem sofortigen Wiederaufbau im Jugendstil, mit deutscher Hilfe durch Kaiser Wilhelm II, ist Ålesund sicherlich eine Reise wert. Auf jeden Fall ein lohnendes Ziel auf späteren Reisen. Es muss wirklich eine tolle Stadt sein, aber unsere Zeit ist nicht unbegrenzt und Abstriche müssen leider gemacht werden. Mein Argument für den Trollstigen war, ohne es auszusprechen, dass wir weit vom Wasser weg sind und es damit keinen Fisch mehr zu essen gibt. Ich konnte ihn einfach nicht mehr sehen.

An dieser Stelle trennten sich erst einmal wieder unsere Wege. A & a wollten lieber einen anderen Weg nach Bergen finden. Wir verabredeten uns zu einem weiteren Treffen auf dem „Lone-Camping" bei Bergen in einigen Tagen. Von dort aus wollten wir dann gemeinsam Bergen unsicher machen.

# Trolle

Norwegen im Sonnenschein ist ein Traum. Das Land erstrahlt. Die Farben der Flora leuchten und präsentieren sich von ihrer schönsten Seite. Die Sonne leuchtet die Blumen mit ihren kräftigen Farben perfekt aus und ein Frieden liegt über der Landschaft, der schöner nicht sein kann. Die Felsen liegen in der Sonne und scheinen sich der Sonne geradezu hinzuwenden oder gar sich ihr entgegen zu strecken. So, als wollten sie so viel Sonne wie möglich aufsaugen und gleichzeitig so wenig Schatten wie möglich werfen. Das von der Sonne zum Glitzern gebrachte Wasser gibt sich gönnerhaft in sattem Blau und Silber, während der Himmel mit seinem strahlenden Azurblau mit dem Wasser in Konkurrenz zu treten versucht. So kennt man Norwegen, so liebt man Norwegen. Kaum ein Bildband, der nicht diese Bilder zeigt. Selten gibt es Bilder in dem sich Norwegen von seiner tristen Seite präsentiert. Doch Norwegen kann auch anders.

Sobald sich eine dickere Wolke vor die Sonne schiebt, verblassen die eben noch so überwältigenden Farben und die eben noch so satte Farbpalette verfärbt sich zu verwaschenen Grautönen. Der Felsen am Ufer wirkt plötzlich kalt und trist, das Wasser dunkel und bedrohlich. Die Schatten der Felswände erobern die noch eben hell erleuchteten Flächen. Was eben noch sanft und friedlich wirkte, flößt einem im nächsten Moment Angst und Respekt ein. Das Grau in all seinen Facetten wirkt fast bedrohlich und ein wenig beklemmend. Der eben noch lichtdurchflutete Wald füllt sich mit Dunkelheit und die Schatten nehmen einem den freien Blick.

Norwegen zeigt seinen blitzartigen Wandel von friedlich zu unwirtlich.

In diesem schattendurchzogenen Grau ist es nicht so schwer den festverankerten Glauben der Norweger an Geister, Elfen, Trolle und unzählige andere Wesen zu verstehen. Die Wälder sind groß und nur wenige Tage im Jahr scheint wirklich die Sonne. Die Sommer sind kurz in Norwegen. Bei trübem Wetter wirkt ein Wald undurchdringlich und mystisch. Man ertappt sich selbst beim nervösen Umsehen, ob nicht doch etwas hinter einem Baum oder Stein hockt und einen heimlich beobachtet. In Deutschland ist es in den meisten Fällen der Nachbar, aber hier? Hier ist der nächste Nachbar generell sehr weit weg.

Ein Blick in unbewohnte Gebiete, wie Wälder, Schluchten, versteckte Seen und Heidelandschaften, lassen einen die skandinavischen Sagen, Geschichten und Fabeln in einem anderen Licht erscheinen. Die eben noch als etwas albern dreinblickend dargestellten Trolle in den Regalen der Souvenirshops ergeben hier plötzlich einen Sinn. Sind diese Gebiete tatsächlich unbewohnt? Ist der Mensch ein Eindringling in ein doch bewohntes Gebiet? Wie real sind diese Wesen, die unzählige Geschichten, Mythen und Sagen bevölkern? Habe ich da nicht eben hinter dem Felsen einen Schlapphut gesehen? Die Wälder Norwegens sind tief und warum sollte da nicht noch mehr leben, als nur Elche und Füchse. Irgendwoher müssen ja die Geschichten kommen, die ganze Bücher füllen und in jeder Hütte zwischen Kristiansand und Nordkap an kalten Winterabenden erzählt werden. Selbst die in den Anfängen der Christianisierung erbauten Stabskirchen tragen Verweise in

Form von Zeichen und Zauberformeln auf den fest verankerten Glauben an die mystische Welt der alten Sagen. Bis heute leben diese Sagen und das nicht nur in Märchenbüchern.

Das deutsche Pendant hat nicht so viele Geschichten zu erzählen. Ich kann mich nicht daran erinnern, dass mir meine Eltern an langen Winterabenden Gartenzwerggeschichten vor dem Ofen erzählt haben. Troll gegen Gartenzwerg. Und ich bin der Meinung - der Gartenzwerg kann dem Troll nicht das Wasser reichen. Im direkten Vergleich komme ich zu dem Schluss, dass der Troll aufgrund seiner Herkunft, seines wilderen Lebensraumes und in seinem sehr sehr langen Leben einfach mehr zu Gesicht bekommt, als ein gewöhnlicher Gartenzwerg. Ein Troll wird vermutlich schon aufgrund dieser Faktoren, die spannenderen Geschichten zu erzählen wissen. Er muss sich schließlich mit den Launen der Natur, wilden Tieren und Menschen auseinandersetzen. Und das in schier endlosen Fjord-, Heide- und Waldlandschaften. Der Gartenzwerg hingegen genießt einen genau abgesteckten und vor allem aufgeräumten Lebensraum. Den Vorgarten. Entsprechend beschränken sich seine Abenteuer in den meisten Fällen – Ausnahmen sind mir noch unbekannt - auf deutsche Tugenden, wie Unkrautzupfen, Radieschen züchten und Blumen pflegen. Ein Hausmeister des Gartens. Ein freundlicher Hausmeister, der für jeden ein Lächeln hat und nur Gutes tut. Ordnung steht ganz oben auf seiner Agenda. Der einzige ernst zu nehmende Feind ist der Nachbarshund.

Der Troll hingegen ist nicht unbedingt als Menschenfreund bekannt. Er gilt als wirsch und unfreundlich. Wenn er lächelt, ist dieses nicht gleich als nett zu werten und nicht unbedingt von freundlicher Natur. Schön ist es zudem auch nicht. Die Zahnpflege lässt zu wünschen übrig. Ich habe hingegen noch nie einen Gartenzwerg mit schlechten Zähnen gesehen. Durch diese Lebensumstände bietet der Troll mehr Potenzial für Abenteuer, Intrigen und gelegentliche Konfrontationen mit den Menschen. Ein Troll ist schließlich keine Lassie und das ist auch gut so.

Trotzdem hat der Troll sich einen festen Platz in der norwegischen Gesellschaft erkämpft und wird sowohl gefürchtet, als auch geachtet. Kann man das vom Gartenzwerg auch behaupten? Der Troll wird in Norwegen sogar geschützt. Es gibt Warnschilder an Straßen, auf denen vor kreuzenden Trollen gewarnt wird. Passenderweise auch kurz vorm Trollstigen. Statt eines springenden Hirsches prangt hier ein buckliger, großnäsiger Zausel auf dem rot umrandeten Warnhinweisschild. Man ist geneigt den Fuß vom Gaspedal zu nehmen. Auch aus Sympathie. Man möchte keinen Troll vor den Kühler laufen sehen. Ob es in Deutschland solche Schilder mit Gartenzwergen gibt? Abgesehen davon, dass diese Schilder gänzlich unnütz wären, da Gartenzwerge normalerweise nicht ihren heimischen Garten freiwillig verlassen. Es stellt sich mir einfach nur die Frage, „würde ich bremsen, wenn ein Gartenzwerg mir vors Auto läuft?"

Der grantige Einsiedler wird allerdings auch in Norwegen immer mehr domestiziert. Der Troll wird seinem deutschen Zwergengenossen immer ähnlicher. Er wird nicht nur vermehrt in der näheren Umgebung von Häuseransammlungen, Dörfern und Städten beobachtet. Er wird auch vermehrt in den heimischen Ziergärten der Norweger gesichtet, sogar dort von den Menschen toleriert und teilweise auf gartenzwergfreundlichem

Schrebergartenniveau hofiert. Es wird sogar hier und da eine Holzbank hingestellt, auf die er sich setzen und verweilen kann. Vielleicht noch eine Tasse Kaffee dazu? Dem Troll scheinen die Flausen ausgegangen zu sein. Wo soll das noch hinführen? Wann fängt der gemeine Troll an seine Zähne zu putzen? Sich die Haare zu kämen und freundlich einen guten Tag zu wünschen? Am Ende steht wohl der Gartentroll.

# Trollstigen

Wir befanden uns jetzt auf der Anfahrt zum legendären Trollstigen. Das Schild mit dem Warnhinweis auf kreuzende Trolle hatten wir bereits passiert.

Der Trollstigen ist eine Serpentinenstraße, die sich in elf Kehren spektakulär auf 850 Höhenmeter schraubt und dabei einen wahnsinnig tollen Blick über das Isterdalen ermöglicht. Als besonderes Highlight fällt der Stigfossen, ein Wasserfall von ansehnlicher Größe, 380 Meter in die Tiefe. Die Straße führt über eine Brücke direkt an diesem Wasserfall vorbei und bietet ein spektakuläres Bild. Teilweise müssen auf dem Weg nach oben Steigungen von 12% bezwungen werden. Ein Kinderspiel für einen untermotorisierten Toyota Starlet mit drei Personen, Gepäck und Räuchertonne auf dem Dach.

Auf der weiteren Anfahrt zum Trollstigen nahm der Verkehr merklich zu und die Geschwindigkeit gleichzeitig proportional dazu ab. Wir waren nicht die einzigen untermotorisierten Gäste auf dieser Route. Vor uns schoben sich Autos, Wohnmobile, Gespanne, Reisebusse und Fahrradfahrer (!!) den Berg hoch. Ich ging allerdings zu diesem Zeitpunkt noch davon aus, dass die Fahrradfahrer irgendwann eine letzte Abfahrt nutzen und abbiegen würden, bevor es an den ernsthaften Aufstieg ging. Unvorstellbar, dass jemand mit dem Fahrrad diese Strecke hochfährt. Ich sollte eines Besseren belehrt werden.

Je näher wir uns der ersten Kehre nährten, umso mehr musste sich unser kleines Auto anstrengen. Der erste und zweite Gang wurden jetzt die am meist genutzten. Solange der Verkehr rollte, war alles gut. Ein Halt an ungünstiger Stelle, hätte ein Anfahren am Berg erfordert und ob unsere Kupplung das noch mit gemacht hätte, stand in den Sternen. Peter und ich bereiteten uns also schon einmal aufs Aussteigen und Anschieben vor. Glücklicherweise lief der Verkehr einigermaßen und wir konnten vorerst sitzen bleiben. Die Autofahrer vor uns kannten die Maße ihrer Autos und fuhren soweit es ging zügig um die Kurven und gleich weiter die Straße bergauf. Auch die Busfahrer der Reisebusse hatten ihre Hausaufgaben gemacht und kannten ihr Fahrzeug aus dem FF. Die Fahrradfahrer (!!), die immer noch da waren und mittlerweile meinen vollsten Respekt ernteten, nahmen wenig Platz auf der Straße weg. Alles hätte so schön sein können, wären da nicht die Wohnmobilfahrer gewesen. Wohnmobilfahrer, die keine Ahnung davon hatten, wo ihr für einen schönen Urlaub in Norwegen gemietetes Vehikel anfing und auch wieder aufhörte. Keinen Plan, wie man damit elegant um die Ecken kommt und wo das Gaspedal ist, um mit einem beherzten Tritt auf dieses, aus der Kurve heraus zu beschleunigen. Immer die Angst im Nacken, das gesamte Interieur im hinteren Wohnbereich zu zerstören. Eine echte Bremse auf dieser Passstraße und eine Strafe für unser kleines Auto. Um dem Ganzen aber noch die Hasskrone aufzusetzen, blieben diese Wohnmobilfahrer entweder in den Kehren, weil der Ausblick ja so schön war, stehen oder parkten direkt vor der Brücke über den Stigfossen. Den wirklich schönen Wasserfall. Das Problem: Die Straße ist zu eng zum Überholen, wenn von vorne der Gegenverkehr rollt. Und dann darf man entscheiden, wie man die folgende Szene findet.

Die Türen des blockierenden Wohnmobils öffnen sich. Eilig wird die kleine Kompaktkamera aus der Tasche geholt, um ein bezauberndes Bild der Liebsten in Khakishorts, mit schlecht sitzender Frisur und zu engem quergestreiften Oberteil, bei zu viel Körper, vor dem wunderschönen, eleganten und verzaubernden Wasserfall fürs Fotoalbum zu schießen. Ein Traum von einem Bild und eine Krönung eines jeden Fotoabends mit Freunden auf dem örtlichen heimischen Campingplatz. Aber dieses Bild hat Schönheitsfehler. Wäre da nur nicht die Shorts der Liebsten beim Laufen zur Brücke an den Innenschenkeln so weit nach oben gewandert und hätte die Cellulite gepeinigten Beine freigelegt und der Sprühnebel des Stigfossen nicht das eh schon zu enge Oberteil noch enger an den grazilen Körper gepresst. Von den Wasserflecken durch den Sprühnebel auf der khakifarbenen Hose an ungünstigen Stellen einmal abgesehen (wie kam bloß der Sprühnebel unter die Arme???) - das Bild hätte so schön sein können. Das wäre alles nicht so schlimm, wäre die Straße vierspurig und nicht nur fünf Meter breit, mit reichlich Gegenverkehr gewesen. Alle mussten mit kochendem Motor hinter dem Wohnmobil warten und auch noch zusehen, wie Jürgen in vorgebeugter Haltung mit seiner Kompaktkamera vorm rechten Auge und verkniffenem Gesichtsausdruck - Ich musste unweigerlich an das Schild mit dem Troll am Beginn des Trollstigen denken – versuchte seine Gisela für das perfekte Bild in Position zu dirigieren. Wenn Wasserfälle Augen hätten, was würden die wohl über solche Ansichten denken?

Ich glaube, in diesem Moment wurde der Grundstein für meine mittlerweile ausgeprägte Wohnmobilphobie gelegt. Und ich bin der festen Überzeugung, dass Wohnmobile nicht auf allen Straßen fahren dürfen sollten.

Ich überlegte kurz, ob ich Peter und Kristian auch kurz in Szene setzen sollte an der Brücke, aber uns stand nicht der Sinn nach Fotos. Uns beschäftigte einzig die Frage, ob unser Starlet den Weg heil bis nach oben schaffen würde. Die Steigungen waren immens und die Luft wurde dünner. Der Motor hatte reichlich zu kämpfen und rang um Luft. Der Abgrund fiel mit jeder Kehre tiefer an der rechten Seite ab und uns trennten nur ein paar Zementpfosten von dem Abgrund. Ich bewunderte die Busfahrer, die mit einer stoischen Ruhe ihre Passagiere in grazilem Schwung nach oben oder unten beförderten und auch entspannt blieben, wenn ein anderer Reisebus ihnen entgegenkam und man in Millimeterarbeit sich aneinander vorbeitasten musste.

Langsam entspannte sich auch Kristian beim Autofahren und irgendwann flachte auch die Straße wieder so weit ab, dass auch Peter und ich davon ausgehen konnten, nicht mehr einen ungewollten Spaziergang mit Starletanschubsen einlegen zu müssen.

Auf dem Pass bot sich ein unerwarteter Anblick. Statt einer Straße, die einfach über den Pass hinüberführte und auf der anderen Seite des Berges wieder abwärts ging, standen wir mitten auf einem völlig überfüllten Parkplatz. Den Parkplatz kannten wir zwar schon von der Studienreise, allerdings nicht so überfüllt. Am Rande des Parkplatzes standen diverse Gebäude, an die wir uns in ihrer Vielzahl ebenfalls nicht erinnern konnten. Hier gab es alles was das Touristenherz begehrte. Vom Restaurant bis zur Imbissbude und natürlich reichlich Andenkenläden, die die beigen Menschen aus den Reisebussen versorgten. Es war ein riesiges Menschengewusel. Gemütlich geht anders und so sahen wir zu, dass wir uns zum Beine vertreten in die andere Richtung wandten und lieber zur Fallkante des Wasserfalls gingen. Es lagen hier oben noch einige Schneefelder und das, obwohl wir uns mitten im Sommer befanden. Da musste eine kleine Schneeballschlacht einfach sein. Im T-Shirt eine Schneeballschlacht zu bestreiten, kommt ja auch nicht alle Tage vor. Wie drei tolle Hunde bewarfen wir uns mit Schnee und das schöne wahr, es war uns scheiß egal, wie viele Leute uns eventuell gerade kopfschüttelnd zu sahen. Es war einfach ein schöner Moment. Schade, dass nicht noch andere in diese kindliche Schneeschlacht mit eingestiegen sind.

Wir hatten den Pass erreicht, um die Frage des Scheiterns oder nicht Scheiterns unseres Starlets noch zu beantworten. Er hatte seine Aufgabe wirklich hervorragend gemeistert. Wir beschlossen einen Aufkleber mit der norwegischen Fahne in einem der Souvenirshops vor Ort zu kaufen und unserem Auto, als Anerkennung für seine Leistung, diesen Aufkleber auf die Heckklappe zu kleben. Wir erklärten in einer kurzen, aber feierlichen Zeremonie, unseren kleinen Starlet für absolut „norwegtauglich". Hurra, hurra, hurra. Wir waren stolz auf den Kleinen.

Als wir wieder einsteigen und abfahren wollten, kam einer der Fahrradfahrer, die wir beim Aufstieg überholt hatten, gerade das letzte Stück der Straße den Berg hochgeschlichen und fuhr langsam an uns vorbei. Ich glaube, unsere Gesichtsausdrücke sprachen Bände, als wir ihn etwas ungläubig anglotzten. Vor solch einer Leistung, mit dem Fahrrad und zusätzlichem Gepäck, eine solche Strecke zu bezwingen, zogen wir alle drei den Hut und der tapfere

Fahrradfahrer schenkte uns ein müdes, aber glückliches Lächeln. Vielleicht hätten wir ihm auch einen Norwegenaufkleber auf den Hintern kleben und als „norwegentauglich" adeln sollen.

## Geiranger

Den Abstieg vom Trollstigen habe ich persönlich als noch spannender empfunden, als den schon sehr spektakulären Aufstieg. Die Straße wurde noch schmaler und auf Leitplanken wurde weitestgehend verzichtet. Nur drei Meter hohe Holzstäbe am Fahrbahnrand begleiteten uns auf dem Weg ins nächste Tal. Die Stäbe gaben eine Ahnung davon, mit was für Schneemassen hier im Winter gerechnet wird. Sie sollen den Räumfahrzeugen im Winter zeigen, wo sich die Straße unter dem Schnee überhaupt befindet. Die Straße führte nicht weniger beeindruckend wieder in ein Tal hinab, um dann noch einmal den Weg nach oben zu nehmen. Das Angenehme war, dass die Automassen sich im Gegensatz zum Trollstigen, hier besser verteilten und man recht alleine unterwegs war. Der Starlet kämpfte wacker und irgendwann öffnete sich unter uns der atemberaubende Blick auf den Geirangerfjord.

Der berühmte Geirangerfjord. Einer der beliebtesten Fjorde Norwegens, nicht nur bei Fotografen. Zeig jemandem ein Bild vom Geiranger, ohne ihn namentlich zu nennen, und er wird unwillkürlich Norwegen sagen, auch wenn er mit Norwegen noch nie etwas zu tun gehabt hat. Hier auf dem Bergkamm konnte ich die Begeisterung für den Fjord verstehen. Ein unglaubliches Panorama öffnete sich uns. Der Blick nahm mich gefangen und ich hätte stundenlang hier am Straßenrand stehen und auf den Fjord stieren können. Auch Jürgen und Gisela werden hier oben ein neues Motiv für ihr Fotoalbum finden.

Es lagen wieder einmal zwei Kreuzfahrtschiffe in der kleinen Kehre des Fjordes und warteten auf ihre, zum Souvenirshoppen ausgebooteten, Passagiere. Der einzige Vorteil der Anwesenheit derartiger Schiffe ist der sich dadurch bietende Relationsvergleich. Selbst große Schiffe wirken in diesem Fjord mit seinen 1.000 Meter, fast senkrecht aufsteigenden Berghängen, klein. Ansonsten stören sie für mein Empfinden das Gesamtbild empfindlich. Vor allem die zwischen den Hängen festsitzenden Abgaswolken, die nur schwer den Weg aus dem Fjord finden. Was der Mensch mag, zerstört er mit seiner Anwesenheit. Aber wem kann man das verdenken, sich auf diese Art und Weise auch solch einen schönen Ort anzusehen, wenn einem selber die nötige Mobilität fehlt. Der Geirangerfjord ist wirklich atemberaubend schön.

Die Straße führte uns direkt in das eigentlich verschlafene Städtchen Geiranger und zu der dort abfahrenden Fjordfähre. Durch die Fjordfähre ersparten wir uns wieder einmal eine Menge Wegstrecke um den Fjord und seine Nebenarme herum und konnten gleichzeitig in Ruhe die Felswände und die darüber steilabfallenden Wasserfälle genießen. Es ist schon sehr imposant und gleichzeitig erdrückend durch diese Schluchten zu fahren und sich dabei sehr klein und irgendwie auch unbedeutend zu fühlen. Dass Menschen hier seit Jahrhunderten versuchen der Natur eine Lebensgrundlage abzuringen und auf jedem noch so kleinen mit Humus bedeckten Felsvorsprung Landwirtschaft betreiben, lässt einem sein eigenes Leben wohlsituiert dastehen. Vielleicht sollten mehr Menschen durch diesen Fjord geschifft werden, um ihnen vor Augen zu führen, wie gut es ihnen eigentlich selber geht. Eine Fährfahrt als Therapie. Vielleicht erhalten einige der hier Durchgeschleusten, die mit sich und ihrer Gesamtsituation unzufrieden sind, alles ins Negative ziehen und auf alles und jeden schimpfen, eine neue Sichtweise auf ihr Leben und neuen Lebensmut. Eine neue Perspektive für das eigene Leben. Vielleicht ist man dann sogar in der Lage, statt zu jammern, anderen Menschen ein Lächeln zu schenken. Die Welt wäre ein Stück weit freundlicher. Eine Fjordtour für Dauernörgler. Das wäre doch was.

Während der Fahrt muss ich immer wieder an Knut Hamsuns Buch „Segen der Erde" denken, in dem das harte Leben auf karger Scholle im Norwegen um die Jahrhundertwende beschrieben wird. Isak, der Protagonist dieses Romans, der als Bauer in der Einsamkeit des Nordlandes versucht, dem Moor ein Stück Erde zu entreißen, urbar zu machen und einen Lebens- und Überlebensraum für viele zu schaffen. Man möchte meinen, die vorbeiziehende Landschaft bestätigt jedes einzelne von Knut Hamsun geschriebenen Worte.

# Briksdalsbreen

Ein Klötern am Auto machte uns seit Tagen sorgen. Peter hatte bereits mehrfach unterm Auto gelegen, um die Ursache für das beunruhigende Geräusch zu orten. Konnte aber nicht feststellen, was das Klötern verursachte. Der Reiserat beschloss bei der nächsten Übernachtung, im nächstgelegenen Ort eine Werkstatt aufzusuchen. Wir hatten doch ein mulmiges Gefühl. Wir drei hatten wirklich keine Ahnung von Autos. Peter war noch der mit dem größten handwerklichen Geschick und so verließen wir uns auf seine Meinung, dass ein Besuch in einer Werkstatt nicht die schlechteste Idee wäre. Vor allem mit Blick auf die weitere Fahrt, ergab diese Entscheidung einen Sinn. Es lagen noch einige Bergfahrten auf dem Weg nach Bergen vor uns und natürlich noch diverse weitere Kilometer bis nach Hause. Glücklicherweise hatten wir bereits den berühmt, berüchtigten Trollstigen ohne Panne passiert. Aber das Klötern wurde lauter, war mittlerweile omnipräsent und belastete zunehmend unsere Urlaubsstimmung.

In der Stadt Olden legten wir somit einen ungeplanten Zwischenstopp ein. Olden lag etwas abseits von unserer eigentlich gewollten Route, aber aufgrund seiner Größe hatten wir die Hoffnung hier eine geeignete Werkstatt zu finden und die notwendige Reparatur durchführen lassen zu können.

Was ebenfalls für den kleinen Ort Olden sprach, war die Tatsache, dass wir bereits auf unserer Studienreise Station auf diesem Fleckchen Erde gemacht hatten und wir einen neuerlichen Besuch ganz in Ordnung fanden. Und als ob das nicht schon Gründe genug gewesen wären, konnte Olden noch einen draufsetzen. Etwas ganz Besonderes. Olden hat eine unfassbare Nähe zu einem Gletscher, den man recht gut zu Fuß erreichen kann. Den Briksdalsbreen.

Ansonsten ist Olden nicht unbedingt spektakulär und nicht zwingend eine Reise wert, aber für uns doch etwas Besonderes und wir freuten uns darauf, diesen Ort noch einmal zu besuchen.

In der Hoffnung in diesem Ort eine Autowerkstatt zu finden, begann ich das Auto schon während der Fahrt ein wenig aufzuräumen. Man möchte ja nicht einen zu verlotterten Eindruck bei der Werkstatt hinterlassen. Ich räumte also schon einmal den Salz- und Pfefferstreuer von der Ablage, steckte das benutzte Messer, an dem noch etwas Marmelade klebte, in eine alte Brottüte, legte das kleine Holzbrettchen dazu und sah zu, dass ich die Brotkrümel ein wenig zusammengefegt bekam, die die Ablage, die Sitze und den Fußboden dekorierten. Wir lebten wirklich in diesem Auto.

Wir erreichten den Campingplatz mit seinen Hütten, in denen wir damals auch schon gehaust hatten. Die Hütten standen noch immer an einer großen Wiese in einer Reihe nebeneinander aufgestellt. Selbst die Hütten waren noch die Hütten, die wir damals bewohnt hatten. Ein Austausch gegen neuere und eventuell komfortablere Behausungen stand wohl bisher seitens des Vermieters nicht zur Debatte. Und auch ansonsten wies der Ort keine größeren Veränderungen seit unserem letzten Besuch auf. Es stellte auch kein großes Problem dar, eine dieser Hütten zu mieten. Nur wenige Touristen verirren sich scheinbar in diesen Ort.

Als wir Olden erreichten, kamen die schönen Momente der Studienreise wieder hoch. Einige Häuser und Ausblicke auf den hier endenden Fjord riefen Erinnerungen wach. Der Ort begann Geschichten zu erzählen.

Da wir mit ungefähr zwanzig Mitschülern unsere Studienreise bestritten, lag es nahe, eine der Vierbetthütten zu erwischen, die wir auch schon damals bewohnt hatten. Jede dieser Hütten konnte ihre eigene Geschichte erzählen und so verbrachten wir, nach einem kurzen Abendspaziergang durch den Ort, den weiteren Abend damit, den Geist der Vergangenheit heraufzubeschwören. Am Nachmittag hatten wir das noch schnell erledigt, was uns während der Studienreise verwehrt geblieben war. Bier in einem Supermarkt zu kaufen. Alkohol erst ab 18 Jahren. Nur mit Personalausweiskontrolle. Das gute Letøl. Etwas leichter, als normales Bier in Deutschland, aber trinkbar. Dieses wurde am Abend zur Befeuerung des Geistes hinzugezogen. Bei all den Geschichten, die an diesem Abend auf den Tisch kamen, waren wir fast geneigt, unsere Geschichtsstunde bei einem Gang von Hütte zu Hütte noch anschaulicher zu gestalten. Wir nahmen allerdings Abstand von einem ausgedehnten Nostalgietrip, da doch einige Hütten auf dem Platz von anderen Touristen bewohnt wurden. Wir wollten es nicht darauf ankommen lassen, das Interesse der anderen Mitbewohner auf diesem Campingplatz an unserer kleinen Vergangenheitsbewältigung zu testen.

Wir beschränkten uns lieber auf unsere kleine, hölzerne Zeitkapsel. Peter entdeckte sogar seine Hinterlassenschaft in Form einer Kugelschreiberkritzelei auf der Unterseite des hölzernen Lattenrosts des oberen Bettes wieder. „Peter war hier!". Peters

Kreativität kannte damals schon keine Grenzen, als er diesen, bis ins kleinste Detail, ausgefeilten Satz schrieb. Leider ohne Datum.

Olden war für die Reisegruppe damals ein wichtiger Ort auf dieser Studienreise. Weniger von der Lokalität, sondern mehr vom Zeitpunkt her. Die Klassenkameraden kamen nicht alle aus einem Semester. Teilweise auch aus dem ein Jahr weiteren Semester. Dazu gehörten auch Peter und Kristian. Der ganze Haufen kannte sich nicht wirklich und die ersten Tage auf der Studienreise, grenzten sich die beiden Semester noch voneinander ab, ohne, dass es zu einer nennenswerten Vermischung untereinander kam. Man respektierte sich, aber man blieb unter sich. Die gesamte Reisegruppe wuchs nur langsam zusammen, aber in Olden war der ganze Klüngel endlich eine Einheit geworden. Hier in Olden war der Prozess der Gruppenfindung vollendet. Neue Freundschaften wurden Semester übergreifend geschlossen und das in jeglicher Hinsicht. Nicht ganz unschuldig waren unsere beiden Lehrer, die ordentlich mitmischten und ihren Lehrauftrag sehr entspannt angingen.

Der Lehrauftrag beinhaltete auch die Teilnahme an Skatrunden und es wurde anschaulich gelehrt, auch wenn man gut im Skat war, dass es immer einen noch besseren Skatspieler als einen selbst gibt und man niemals mit jemandem, den man nicht kennt um Erbsensuppendosen - damals auf der Studienreise eine harte Währung –, spielen sollte. Er könnte eventuell auf seinem Dorf Preisskatmeister sein. Unser Lehrer Herr Peters ließ uns auf fantastische Art und Weise auflaufen und zog uns unsere letzten Dosen mit Essen und noch viel schlimmer, die wenigen Dosen Bier

– eine noch härtere Währung in Norwegen – die wir hatten, aus der Tasche.

An diesem Ort versuchten einige der Jungs auch den Sprung in die Männlichkeit zu wagen. Der erste Alkohol und die erste Zigarette wurden getestet. Für die meisten endete dieser Selbstversuch mit einer ungesunden Gesichtsfarbe und einem Sprung hinter die Hütte. Vielleicht, weil sie die Männlichkeit dort vermuteten. Die üblichen Männlichkeitsrituale in der fortgeschrittenen Pubertät wurden hier durchlebt. Inklusive nachts nackt im Fjord baden zu gehen. Ich glaube, unsere beiden Lehrer waren trotzdem froh, die Studienreise nach Norwegen zu begleiten und nicht noch den Kampf gegen den billigen Alkohol in Ungarn, Italien oder Frankreich ausfechten zu müssen, wie ihre ebenfalls auf Studienreise befindlichen Lehrerkollegen. Nur Hormone und eine übersichtliche Zahl an Bierdosen als Gegner zu haben, war für die beiden ein durchaus lösbares Problem.

Am nächsten Morgen machte sich Peter mit dem Wagen auf den Weg zur Werkstatt.

Er hatte sich schon am Abend bereit erklärt, das Auto am nächsten Morgen hinzubringen, nachdem wir auf unserem gestrigen Abendspaziergang eine solide wirkende Autowerkstatt im Ort gefunden hatten. Gesagt, getan. Ich bewunderte Peter für seinen Mut, immerhin war sein Englisch fast so schlecht wie sein Norwegisch. Etwas, was er nie gelernt hat. Trotzdem war er guter Dinge und hatte den Ehrgeiz entwickelt sich in irgendeiner Form verständlich zu machen und das Auto reparieren zu lassen. Ich zog im Geiste den Hut vor dieser selbst auferlegten Aufgabe.

Er kam nach etwa einer Stunde schon wieder zurück. Gut gelaunt. Wir hatten in der Zwischenzeit den Frühstückstisch gedeckt. Als kleines Dankeschön für seinen tapferen Einsatz. Es war nicht wirklich viel, was wir bieten konnten. Weißbrot vom Vortag, Margarine, Erdbeermarmelade, Frühstücksfleisch aus der Dose und Curry-Ketchup.

Als Peter zu Fuß wiederkam, sagte er mit einem verzückten Lächeln, er hätte die beiden Werkstattbetreiber beim Frühstück gestört. Es gab Lachs und Rührei auf Schwarzbrot. Dabei blickte Peter über unseren Frühstückstisch und wäre bei dem ihm gebotenen Angebot vermutlich am liebsten gleich wieder in die Werkstatt zurückgelaufen. Was soll's. Norwegen ist teuer und wir nur arme, noch nicht berufstätige Jungs.

Der Wagen sollte am nächsten Tag fertig sein und der Schaden war wohl nur ein defektes Radlager oder so etwas. Die Höhe des Kostenvoranschlags hielt sich in Grenzen und wir waren beruhigt. Es war gut, dass uns nicht dadurch noch mehr Geld aus den Taschen gezogen wurde, als es eh' schon geschehen war. Wir merkten immer mehr, dass Hütten, Benzin und Lebensmittel an der Reisekasse nagten.

Wir hatten an diesem Tag also kein Auto. Ein perfekter Tag für einen Besuch beim Gletscher. Die Wegstrecke war zu Fuß schon zeitintensiv, aber es lohnte sich. Das letzte Stück zum Gletscher hätten wir uns mit einer Pferdekutsche chauffieren lassen können. Leider sah unsere Reisekasse eine solche Kutschfahrt nicht vor, also liefen wir auch noch den letzten Rest des Weges. Der weitere Weg führte an einem Wasserfall vorbei, der einen feinen Nebel aus

Wassertropfen auf einen legte und bei diesem herrlichen Wetter für eine willkommene Erfrischung sorgte. Bei den jungen Kutscherinnen, die uns an diesem heißen Tag entgegenkamen, sorgte der Nebel auf ihren T-Shirts nicht nur für Erfrischung. Wir genossen die mangelnde Deckkraft von nassen T-Shirts und machten uns weiter auf den Weg zum Gletscher.

Wir stellten fest, dass sich der Gletscher in den letzten Jahren um viele Meter zurückgezogen hatte und nur noch einen Bruchteil seiner imposanten Erscheinung von damals besaß. Es war erschreckend zu sehen, wie schnell dieser Rückzug vonstattengegangen ist. Sollte der Rückzug in der gleichen Geschwindigkeit anhalten, wird in einigen Jahren nichts mehr von diesem wunderschönen Gletscher übrig sein.

Trotzdem hat der Gletscher noch immer Ausstrahlung. Während unserer Studienreise wurde uns auch eine Gletscherwanderung geboten. Zwar auf einem anderen Gletscher, aber unabhängig davon, ein Erlebnis, welches jeder Norwegenfahrer einmal gemacht und vor allem einmal gesehen haben sollte. Wir hatten also wirklich großes Glück unter Führung, ein derartiges Naturwunder betreten zu dürfen. Mit Steigeisen und in Seilschafft. Im Entenmarsch ging es unserer ausgesprochen hübschen Bergführerin hinterher. Aber so hübsch sie auch war, genauso resolut war sie auch und machte unmissverständlich auf die Gefahren auf dem Gletscher aufmerksam. Selbst die Jungs hatten danach Respekt vor ihr und verkniffen sich (fast) jegliches Alphamännchengehabe.

Wandern auf meterdickem Eis, immer wieder unterbrochen von Spalten, die ihr Ende in tiefem Eis und Gletscherblau verbergen.

Knarrende Geräusche, die einem bewusst machen, dass der Gletscher immer in Bewegung ist und mit einer ungeheuren Kraft sich langsam gen Tal windet und dabei trotzdem eine erhabene Eleganz und Friedfertigkeit ausstrahlt. Ein Erlebnis sondergleichen. Ich empfinde diese Wanderung bis heute als einen Höhepunkt in meinem Leben und jeder Gedanke an dieses Erlebnis lässt in mir immer wieder die unglaubliche Schönheit, gepaart mit diesem Gefühl von Ehrfurcht, vor meinem inneren Auge erscheinen. Alles in das eiskalte Blau der Gletscherspalten getaucht.

Wir standen schweigend an dem See, der durch den Gletscher gespeist wurde und sahen einigen Eisschollen beim Schmelzen zu. So in etwa, wie vor ein paar Jahren schon einmal, nur das es damals um einiges kälter war und wir nicht, wie jetzt, im T-Shirt hier stehen konnten. Aus dem Hintergrund ertönte damals die Stimme von Lehrer Peters. „Wer als erster im Wasser und einmal um die Eisscholle dort drüben geschwommen ist, der bekommt eine Dose Erbsensuppe!". Vier Jungs und ein Mädchen sahen sich herausgefordert – oder hatten Hunger – und warfen alles, bis auf die Unterhose, von sich und stürmten ins Wasser. Alle Fünf schafften unter lautem Johlen der am Ufer Stehenden die Runde um die Eisscholle, wobei einer die nicht sichtbaren 80% der Eisscholle Unterwasser vergessen hatte und sich beim Umrunden das Knie anschlug. Zum Glück war ja genug Eis zum Kühlen da.

Überrascht von so viel Elan, wurde eine zweite Erbsensuppe an die jetzt doch fröstelnden Schwimmer vergeben. Und so wanderten die beim Skatspiel verlorenen Erbsensuppen langsam wieder zurück zu uns Schülern. Das bei den Skatspielen verlorene Bier blieb allerdings auf wundersame Weise verschollen.

Wir standen lange schweigend nebeneinander und ich bin mir sicher, dass auch Kristian und Peter in diesem Moment genau an diese Geschichte dachten.

Am nächsten Tag bekamen wir unser Auto zurück. Die Rechnung entsprach dem Kostenvoranschlag. Ein gutes Gefühl, seinen fahrbaren Untersatz wieder vor der Hütte stehen zu haben. Etwas beklemmend war das Gefühl schon, hier ohne Auto festzusitzen. Immerhin haben wir die letzten Wochen sehr viel Zeit in unserem Starlet verbracht. Jetzt, wo uns der Zugriff fehlte, merkten wir erst, wie wir ihn auf dieser Reise zu lieben und seine Zuverlässigkeit zu schätzen gelernt haben. Allerdings nimmt man diesen zeitlich begrenzten Verlust gerne in Kauf, wenn man weiß, dass man seine Reise dann doch irgendwann mit einem heilen Gefährt fortsetzen kann.

An diesem Tage wollten wir nicht noch abreisen. Dafür war bereits zu viel Zeit ins Land gezogen. Noch eine Nacht in Olden und dann würden wir am nächsten Tag gemütlich unsere Reise fortsetzen. Wir nutzten den Tag einfach mal fürs Nichtstun.

## Olden am Abend

Kristian und ich beschlossen am letzten Abend in Olden noch einmal in den Ort zu fahren, um eventuell an der Tankstelle hinter dem Ortsausgangsschild etwas zu Essen für das heutige Abendbrot und das Frühstück am nächsten Morgen zu ergattern. Vielleicht ein Brot oder ein einfaches Toastbrot. Das passiert, wenn man den ganzen Tag mit Nichtstun verplempert. Man vergisst das Einkaufen und muss auf die teuren Tankstellen ausweichen.

Die Dämmerung hatte bereits eingesetzt und auf dem Weg ins Dorf sahen wir mehr Menschen auf den Straßen, als tagsüber. Langsam rotteten sich die Jugendlichen aus der näheren Umgebung zusammen. Gemeinsames Abhängen an dem einzigen Bistro des Dorfes war angesagt. Bei näherer Betrachtung war das Bistro tatsächlich der naheliegendste Ort für ein Meeting in einer Gegend, wo es sehr wenig Unterhaltung in Form von Kino, Kneipen oder sonstigem Entertainmentprogramm gibt.

Wir fuhren weiter bis hinter den Ortsausgang, zur einzigen Tankstelle in der näheren Umgebung. Hier war auch mehr los, als erwartet. Auch hier versammelten sich Jugendliche. Immerhin gab es einen robusten Picknicktisch am Rande der Tankstelle. Uns schenkten die Jugendlichen wenig Beachtung, als wir auf die Tankstelle rollten und direkt zum Einkaufen in den Tankstellenshop gingen. Viel hatte der Shop nicht zu bieten, aber wir bekamen immerhin unser Brot und als Belohnung für den tollen Tag, schenkten wir uns gegenseitig noch eine Tafel Schokolade. Wir verließen die Tankstelle und setzten uns etwas abseits auf den Kantstein, mit Blick auf die uns umgebenden Berge. Die

Bergspitzen leuchteten noch in der tiefstehenden Sonne. Bei uns hier im Tal war es bereits am Dämmern und die Straßenlaternen hatten ihre Aufgabe für die Nacht aufgenommen. Wir teilten uns eine der beiden Tafeln Schokolade und verfolgten Gedanken versunken dem Treiben an dem Picknicktisch. Mittlerweile waren in etwa vier bis fünf Jugendliche zusammengekommen. Die Anzahl der Anwesenden variierte allerdings wie wir feststellen mussten. Immer wieder kamen aufgehübschte Kleinwagen, mit sehr tiefliegenden Chassis, an den Tisch gefahren. Kurze Begrüßung, jemand stieg mit in den Wagen und nach kurzer Zeit verließ der rollende Tieftöner, mit nicht zu definierender Musik, den Platz, um auf der Dorfstraße mit durchdrehenden Reifen bis in den Ort zu gelangen. Zwischenzeitlich kam der nächste, rundum verspoilerte Wagen, mit den gleichen Referenzen wie sein Vorgänger, an den Tisch gerauscht. Brachial aufgemotzt. Das Endrohr so groß, wie unsere Räuchertonne auf dem Autodach. Die Frontschürze kratzte fast auf dem Straßenbelag und war der Schrecken jeder Straße querenden Schnecke. Ein echtes Asphaltmonster. Nur die Bodenwelle kann es stoppen.

Es folgte die gleiche kleine Zeremonie. Begrüßung, zu zweit einsteigen und wegfahren. Nach nicht allzu langer Zeit kündigte der zuerst abgefahrene Wagen, mit vorausgeschickten Basswellen, seine Wiederkehr an. Man hörte ihn, bevor man ihn sah und das mit erheblicher Zeitverzögerung. Es gesellten sich noch ein paar weitere Fahrzeuge in ähnlichem Stil dazu und irgendwann glich die gesamte Szenerie einem Bienenstock. Immer wieder kamen und gingen Arbeitsbrummsen. Dieses Dorf hatte für Jugendliche wirklich nichts zu bieten. Man war so begrenzt, dass man nicht einmal Unsinn treiben, geschweige denn sein verdientes Geld mit Alkohol oder Drogen auf den Kopf hauen konnte. Es blieb wirklich nur die Tankstelle, und die verkaufte nicht einmal Alkohol. Stattdessen wurde offensichtlich das Geld in das Hobby „Auto" gesteckt und allabendlich, auf dem Laufsteg des örtlichen Autosalons vor der Tankstelle, dem interessierten Publikum die Auswüchse der eigenen Kreativität vorgeführt. Untermalt mit fettem Bass. Was mussten das für Musikanlagen in diesen Autos sein? Hatten die vergessen die Hochtöner einzubauen??

Uns reichte es für diesen Tag. Wie stiegen in unseren Kleinwagen und machten uns auf den Weg zurück zu unserer Hütte und Peter. Der hatte vermutlich auch schon Hunger. Als wir gerade von der Tankstelle auf die Hauptstraße abbogen, startete vor uns wieder eine Brummse zu ihrem nächsten Ausflug. Die Neugierde war bei uns geweckt und wir folgten der bassbetriebenen metallic-grünen VW-Polo-Biene mit etwas Abstand. Die Fahrt führte uns durchs Dorf und endete bei dem Bistro in der Ortsmitte. Mit der gleichen Anordnung an Jugendlichen, wie bei der Tankstelle hinter dem Dorfausgang. Die breitgummierten Dröhnen dienten also als eine Art Shuttleservice zwischen den beiden Treffpunkten. Eine Erkenntnis reicher, fuhren wir an dem Bistro vorbei und strebten zurück zu unserem Campingplatz.

Die Kraft der Musikanlagen hatte mich nachhaltig beeindruckt. Ich schaute auf unser kassettenfressendes Radio und die alte, schäbige, aus einem alten Röhrenradio ausgebaute Box ohne Gehäuse, die im Kleingeldfach der Mittelkonsole lag. Der Magnet an der Rückseite hatte mittlerweile alles Metallische in der Nähe angezogen. Zumindest wussten wir immer, wo Büroklammern,

Kleingeld und kleine Schrauben fein zentriert zu finden waren. Immer griffbereit. Der Klang des Lautsprechers war erbärmlich und es machte nicht so richtig Spaß über diese Box Musik zu hören, aber zumindest hatten wir noch einen Hochtöner.

# Bergfest

Es war schön, noch einmal nach so langer Zeit dem kleinen Ort Olden einen Besuch abgestattet zu haben, aber der ungeplante Zwischenstopp drückte auf den Zeitplan und wir mussten uns am nächsten Morgen schon wieder auf den weiteren Weg machen. Wir versuchten den Abschied so emotionslos wie möglich zu gestalten. Hütte aufräumen, auswischen, Gepäck ins Auto und ohne zurückzublicken raus aus der Stadt. Florø erwartete uns. Nach der Hütte, ist vor der Hütte, um ein geflügeltes Wort aus dem Bereich des Fußballs hierher zu übertragen. Die westlichste Stadt Norwegens, in der Provinz Sogn og Fjordan. Irgendwo zwischen Ålesund und Bergen.

Aber bevor es jetzt Richtung Florø ging, lag noch eine wichtige Aufgabe vor mir. Es war mal wieder soweit. Ich musste mein regelmäßiges Lebenszeichen nach Hamburg senden und versichern, dass ich nicht in einen Fjord gefallen, von einem Elch gefressen oder einem Troll entführt worden war.

Diese Anrufe an sich waren ja nicht so schlimm, nur nervig, da man eigentlich nicht an zu Hause erinnert werden wollte. Urlaub ist Urlaub und Hause ist Hause. Heute war es allerdings etwas Besonderes. Wir nährten uns der Mitte unserer Reise und dieses verursachte bei mir schon schlechte Stimmung in Hinsicht auf das zu führende Telefonat. Meine Mutter hatte so eine einfühlsame Art an sich, mich auf diese Tatsache hinzuweisen. „Na, mein Sohn, Morgen ist schon Bergfest, die zweite Hälfte des Urlaubs vergeht ja immer schneller als die erste und dann hat dich der graue Alltag wieder!" und freute sich dabei diebisch wie ein kleines Kind. Die Freude ist aber gar nicht böse gemeint und soll mir auch gar nicht den Urlaub vermiesen, es ist nur eine Feststellung und da bei ihr das Glas immer schon halbleer ist und nicht noch halbvoll, hat diese Bemerkung immer etwas negatives. Das positive Denken liegt ihr nicht so und auch das Genießen eines schönen Moments zählt nicht unbedingt zu ihren Stärken. Sie hat den Hang immer noch einmal explizit auf die Vergänglichkeit des Moments, egal ob es sich um gutes Wetter, Essen oder Besuch von Freunden handelt, hinzuweisen. Ich rollte jetzt schon mit den Augen, bei dem Gedanken an das Gespräch. Als ob ich mir des besonderen Zeitpunktes nicht bewusst wäre. Ich verdrängte diesen Gedanken daran allerdings aktiv. Meine Mutter schafft es mit ihrer dahin geworfenen Feststellung diese Schublade meines Zeitempfindens, mit einer unangenehmen Ruckartigkeit, zu öffnen und mein weggesperrtes Zeitgefühl aufs brutalste wieder ins Licht des eigenen Bewusstseins zu zerren. Ich finde, man muss einen der im Urlaub ist, nicht noch auf die Vergänglichkeit des Urlaubs ansprechen und ihm diese Tatsache verbal entgegenschleudern. Es hat so etwas destruktives und verleiht dem gesamten guten Urlaubsgefühl einen Dämpfer. Aber das Gespräch musste ich führen und versuchte meine Nerven im Vorwege auf den entscheidenden Satz meiner Mutter vorzubereiten.

Ich betrat die Telefonzelle und wählte angespannt die Telefonnummer von zu Hause. Es klingelte und nach dem dritten Tuten in der Leitung ging meine Mutter ans Telefon. Das Telefonat lief gut und der alles entscheidende Satz blieb aus. Er fiel einfach nicht. Da meine Mutter mir den „Gefallen" einfach nicht tat, brachte ich am Ende des Telefonates selber die Feststellung an, dass heute Bergfest ist. Meine Mutter bestätigte mein Zeitgefühl und brachte mit ihrer unnachahmlichen Art meinen Gefühlshaushalt jetzt völlig durcheinander, mit der Bemerkung, „ich dachte Du magst es nicht, wenn ich Dich darauf hinweise?!" Perplex verabschiedete ich mich von ihr und versicherte, mich demnächst wieder zu melden. Vor der Telefonzelle stellte ich fest, dass ich meine Psyche nachhaltig überdenken sollte. Seit wann hören Eltern einem zu, nehmen das Gesagte ernst und beherzigen das im weiteren Zusammenleben? Ich dachte immer Eltern haben ein eingefahrenes Verhaltensmuster in das Änderungen schwerlich eingebaut werden können? Ich freute mich über das Gespräch, musste allerdings auch eingestehen, dass ich mir mit meinem eigenen Wahnsinn den Tag versaut hatte. Ich trage den entscheidenden Satz jetzt schon so tief in mir, dass ich niemanden mehr brauche, der ihn mir vorsagt. Erschreckend.

## Drei Schwedinnen in Florø

Wir hatten endlich Florø erreicht und befanden uns ganz im Westen von Norwegen. Vor uns lag nur noch der Atlantik. Man blickt über Schottland vorbei, über Island und Grönland hinweg und sieht dann Neufundland. Zumindest auf der Weltkarte. Man ist immer noch irgendwie weit im Norden.

Der Campingplatz war toll. Er lag direkt am Meer und man konnte das Salz des Atlantiks in der Luft schmecken. Zudem bot der Platz uns die bisher geräumigste Hütte und die Einrichtung versprühte einen Hauch von Luxus. Man konnte bequem im Raum stehen, um den Tisch gehen und ohne sich gegenseitig auf die Füße zu treten oder etwas anderes umzulaufen, frei bewegen. Aber das Highlight war die hauseigene Toilette. Nur für uns. Keine weiteren Nutzer. Kein Hütteverlassen, um das Klo der Allgemeinheit suchen zu müssen. Das ist Luxus. Ein eigenes Klo.

Ich merkte mittlerweile den Tourstress und, dass ich Abstand von meinen beiden Mitreisenden brauchte. Nicht, dass wir uns gestritten hätten oder ähnliches. Nur, wenn man in einem Großraum-Starlet, wie unserem, seit etwa zwei Wochen aufeinander hockt, dann freut man sich auch mal andere Gesichter zu sehen oder sich sogar mal mit jemand anderem zu unterhalten. Was, aber dank der Sprachbarriere, nicht das einfachste Unterfangen in Norwegen ist.

Mit dem Gefühl war ich wohl nicht ganz alleine. Uns fiel allen die Decke auf den Kopf. Peter zog sich auf einen Stuhl vor die Hütte zurück. Er saß einfach in der Sonne und genoss die Ruhe, die leichte Brise vom Meer und das Nichtstun. Und wenn Peter Abstand brauchte, dann hieß das schon was. Immerhin war er eigentlich der kontaktfreudigste von uns dreien. Kristian hatte bereits alleine das Weite gesucht und die Gruppe in unbestimmte Richtung verlassen. Ich beschloss es ihm gleich zu tun. Ich musste auch mal raus, frische Luft schnappen und meinen Gedanken nachhängen.

Ich verließ unsere kleine Hütte und ging erst einmal ziellos den Weg zum Wasser entlang. Von dem Campingplatz hatte ich bisher eigentlich noch nicht viel gesehen und so lenkte ich meine Schritte über den Rundweg des Campingplatzes, um dieses nachzuholen. Danach wollte ich auf meinem weiteren Weg irgendwann später am Ufer zum Meer landen. Allerdings kam ich nicht sonderlich weit. Um die nächste Wegbiegung zogen drei Blondinen, die vor ihrem Zelt weilten, meine volle Aufmerksamkeit auf sich. Erst beim zweiten Hinsehen bemerkte ich, dass da auch noch ein Typ saß. Und mir dieser Typ irgendwie bekannt vorkam. Es war Kristian. Mitten in der Runde der drei Mädels. Scheinbar hatte er das gleiche Bedürfnis nach Abwechslung wie ich. Da störe ich doch gerne einmal und setzte mich nach einem kurzen, international verständlichem „Hallo", mit dazu. Beachtet wurde ich eher weniger. Auf Dänisch und mit den Händen gestikulierend versuchte Kristian sich mit der scheinbar aufgeschlossensten von den drei Mädels zu unterhalten. Als sie auf eine seiner Fragen antwortete, verstand ich erst die Problematik. Die drei kamen aus Schweden. Das erklärte auch die hochkonzentrierten Gesichtsausdrücke von Kristian und seinem blonden Gegenüber. Dänisch und schwedisch sind im Sprachaufbau zwar ähnlich, aber verhalten sich wie bayerisch und plattdeutsch zueinander. Die Unterhaltung lief daher auch mit Händen und Füssen. Ich versuchte der Konversation zu folgen, gab aber schnell auf. Ich konnte weder dänisch noch schwedisch. Die beiden anderen beachteten mich noch immer nicht und sahen auch nicht so aus, als ob sie mit mir eine ähnlich ablaufende Unterhaltung starten wollten. Sie saßen gelangweilt daneben und starrten ins Leere. Schade, denn eigentlich waren die beiden ganz süß. Vielleicht hätte ich auch einfach mal was sagen sollen. Na ja, was soll´s. Ich verabschiedete mich aus der Runde. Nicht aber ohne darauf hinzuweisen, dass ich jetzt ans Wasser gehen werde. Auf Englisch, mit Handzeichen. Vielleicht hoffte ich ins geheim, dass es gerade soooo langweilig vor dem Zelt ist, dass eine von den beiden mitkommt, um es nicht ganz soooo langweilig zu haben. Leider reagierte so spontan keins von den beiden Mädels und ich ging alleine in Richtung Wasser. War wohl noch nicht langweilig genug.

Am Wasser entdeckte ich einen etwas abseits gelegenen Felsen, der einen flachen Abgang ins Wasser bot und sich ideal zum in die Sonne legen und aufs Meer sehen eignete. Er hätte sogar noch Platz für weitere Gäste geboten, aber scheinbar war Kristian noch immer nicht langweilig genug. Es wäre auch für mich mal spannend gewesen einen Kontakt, außer Roy natürlich, außerhalb unserer Reisegruppe zu haben. Da war mein Neid ja schon gegenüber Kristian geweckt. Der hatte in den letzten Jahren einige Hochschulkurse für die dänische Sprache besucht und war mittlerweile echt gut darin, sich mit Dänen einigermaßen fließend zu unterhalten. Und scheinbar reichte es sogar, um sich mit Schwedinnen zu unterhalten. Da kommt man den Skandinaviern natürlich schneller näher, als ich mit meinem albernen Schulenglisch. Jammern nützt nichts, da hätte ich mich früher drum kümmern müssen. Der Felsen entschädigte für verpasste

Gelegenheiten mit seiner herrlichen Lage und so saß ich alleine in der Sonne und genoss die Ruhe.

Ein Rascheln holte mich aus meinen Träumereien zurück und ich hörte, dass sich jemand dem Felsen von hinten nährte. „Hat sich doch noch eines der Mädels entschlossen mich zu besuchen?" schoss es mir durch den Kopf. Die Schritte kamen immer näher und mit jedem Schritt steigerte sich die Aufregung in mir. Ich wollte mich aber nicht umdrehen, sondern total entspannt wirken, um bei einer Kontaktaufnahme seitens des Besuchers einfach angenehm überrascht zu tun. Doch irgendwann konnte ich meine Neugierde nicht mehr im Zaum halten und drehte mich doch um.

Es war Kristian. Was für eine Enttäuschung. Ich glaube, er sah mir meine Enttäuschung sogar an, ging aber elegant darüber hinweg und setzte sich ohne etwas zu sagen, zu mir auf den Felsen.

Wirklich viel hatte er nicht zu berichten. Die drei Schwedinnen waren Studentinnen, die ihre Semesterferien in Norwegen verbrachten und zu irgendeinem Musikfestival bei der Stadt Molde oder so wollten. Kristian war sich da auch nicht so sicher. Die Sprachbarriere war wohl doch zu groß.

# Eine Party in Florø

Es war mittlerweile später Nachmittag geworden und Peter wollte schlafen. Irgendwie hatten wir ihn an diesem Tag klein gekriegt, auch wenn wir uns alle eigentlich nicht viel gesehen hatten. Die frische Luft vermutlich. Kristian und ich schnappten uns eine von den letzten zwei Flaschen Wein, die wir als allerletzte Reserve im Auto mitgeschmuggelt hatten und gingen wieder runter auf den Felsen. Wir hatten echt Glück mit dem Wetter. Dafür, dass das Wetter in Norwegen nicht unbedingt den besten Ruf genießt, waren wir mal wieder mit einem wunderschönen lauen Abend gesegnet worden.

Wir quatschten über alles, was nach der Reise kommt oder kommen sollte und tranken dabei gemütlich ein Glas Wein. Im Hintergrund wurde die Ruhe von leiser Partymusik unterwandert. Amüsiert versuchten wir den Ursprung der Musik zu lokalisieren und einigten uns irgendwann auf eines der am Hang, oberhalb des Campingplatzes, liegenden Einfamilienhäuser. Ein schönes Haus, mit offener Terrasse zur Seeseite und vermutlich einem herrlichen Blick über die gesamte Bucht. Wir wendeten uns wieder unserem angefangenen Thema zu, kamen dabei aber nicht so richtig voran. Immer wieder wurden wir durch die ungewohnten Klänge unterbrochen. Nach gut anderthalb Wochen intensivster Ruhe, weckten diese lang nicht gehörten Zivilisationsgeräusche Begehrlichkeiten. Die Musik im Hintergrund wurde lauter und mittlerweile standen junge Leute auf der Terrasse und unterhielten sich. „Da scheint eine Party zu starten" stellte ich fest. Kristian sah wehmütig zum Balkon hinauf und erwiderte, wie gerne er mal auf einer Party von einheimischen Jugendlichen mitmischen würde. Neidisch auf die tolle Party tranken wir ein weiteres Glas Wein. „Für Jan wäre das eine Form von Einladung gewesen. Der hätte sich jetzt eine Flasche Wein geschnappt und sich an der Tür mit seinem Charme selbst eingeladen", philosophierte Kristian. Jan ist ein Freund von uns, der kaum Berührungsängste kennt und mit seiner Art überall gut ankommt. Der hätte vermutlich wirklich den Weg zur Party gesucht. „Warum sind wir immer so zurückhaltend und schüchtern?". Ich teile den Gedanken mit Kristian und nachdem wir noch ein Glas Wein getrunken hatten, fragte ich, ob noch eine Flasche Wein im Auto ist. Das wurde bejaht. Wir sahen uns beide an, grinsten und sagten synchron „Tun wir es wie Jan!" und machten uns auf den Weg.

Die Flasche Wein war schnell geholt und das Haus ebenso schnell gefunden. Nun standen wir mit der Flasche Wein im Arm vor der Tür, hinter der die erträumte Party stattfand. Die durch die Tür schallende Musik übertönte unseren wild pochenden Herzschlag in den Ohren. Jetzt kam wieder der Moment, an dem wir beide Muffensausen bekamen. „Sollen wir wirklich?". Und bevor wir noch weiter über unser Vorhaben nachdenken konnten, riss ich allen Mut zusammen, sagte „Tun wir es wie Jan!" und klingelte. Ich sortierte noch einmal die schon auf dem Weg zum Haus zurechtgelegten englischen Worte zur Begrüßung und zur Rechtfertigung unseres Klingelns im Kopf und hoffte ins geheim, dass keiner unser Klingen gehört hat. Es hatte trotz des Lärms doch jemand die Türklingel gehört und die Tür schwang auf. Ein junges Mädchen, etwas jünger als wir, sah uns mit großen Augen an und diese sagten deutlich, dass sie mit uns nicht unbedingt gerechnet hatte. Ich versuchte meinen vorbereiteten Text runterzurasseln, kam aber gar nicht erst so weit. Hinter ihr tauchte ein sichtlich gutgelaunter Junge auf. Er musterte uns kurz und blieb mit seinem Blick an unserer mitgebrachten Flasche Wein hängen. Das Gesicht erhellte sich noch ein wenig mehr und forderte uns lachend auf ins Haus zu kommen. Das immer noch glotzende Mädchen, scheinbar die Hausherrin, hatte noch immer nichts gesagt und war wohl mit der Situation etwas überfordert. Erst als wir bereits ins Haus gezogen wurden, konnte sie noch die Frage stellen, ob wir böse sind. Während wir förmlich an ihr vorbeiflogen, konnten wir gerade noch die Frage verneinen. Die Party war in vollem Gange. Wir waren tatsächlich auf einer Party mit norwegischen Jugendlichen gelandet. Und das so schnell, dass ich nicht einmal die Gelegenheit hatte, über diese ungewöhnliche Frage der Gastgeberin bezüglich unserer Gesinnung nachzudenken. Hätte ein Serienkiller „Ja" gesagt? Ich weiß es nicht und es gab auch keine weitere Gelegenheit mehr darüber zu sinnieren. Mir wurde sofort von irgendwo her ein Bier in die Hand gedrückt und ich direkt in eine Gesprächsrunde von einigen Gästen mit einbezogen. Was für ein Einstieg. Alle waren neugierig was für Typen wir waren und warum wir da waren und jeder wollte mit uns Anstoßen und sich uns vorstellen. Wir waren als unbekannte, nicht geladene Gäste, auf einer Party in Norwegen und niemand störte sich daran. Eher im Gegenteil. Wir wurden integriert, als ob wir uns alle seit Jahren schon kennen und nur lange nicht gesehen hätten. Nach viel Rederei und viel Anstoßen brauchte ich eine kurze Auszeit. Kristian hatte ich vollkommen aus den Augen verloren. Aber dem ging es bestimmt gut. Ich fand irgendwann den Weg zur Terrasse und freute mich auf eine ruhige Zigarette.

Jetzt stand ich auf dem Balkon, den ich vor wenigen Minuten noch von unten bewundert hatte und ließ nun meinen Blick über die Bucht und „unseren" Felsen, auf dem wir eben noch gelegen hatten, gleiten. Ein wunderschöner Anblick und was für ein Hochgefühl über seinen eigenen zurückhaltenden Schatten gesprungen zu sein. Wir hatten es geschafft. Wir waren auf der Party.

Nach zwei weiteren Zigaretten und weiteren Anstoßereien ging ich wieder ins Haus. Mittlerweile zeigte der Alkohol seine Wirkung und mein Englisch ging langsam ins Unverständliche über. Ich bemerkte, dass wir nicht die Einzigen vom Campingplatz waren. Die drei Schwedinnen waren auch zur Party erschienen. Warum, wusste ich nicht. Dachte aber auch nicht weiter darüber nach. Ich vermied einen Kontakt und versuchte mich durch Ignoranz interessant zu machen. Was aber keine Wirkung zeigte. Mittlerweile waren Partyspielchen angesagt. Einer legte sich mit dem Rücken auf den Fußboden. Sechs andere postierten sich um diese Person herum und hoben auf ein kurzes Zeichen gleichzeitig die liegende Person über ihre Köpfe. Nach einer kurzen Pause begann die Gruppe im Uhrzeigersinn sich im Kreis zu drehen, stoppten nach einer 180 Grad Wendung, hielten denjenigen noch eine kurze Zeit über ihren Köpfen und legten ihn dann wieder ab. In meinem Brausebrand verstand ich das Spielchen nicht und stempelte das Ganze als heidnischen Brauch ab. Was Wikinger halt so in ihrer Freizeit so machen. Der Nächste war an der Reihe. Jetzt wurde mir die ganze Angelegenheit dann doch etwas unheimlich. Kommt jeder mal dran? Und schon wurde Kristian aufgefordert sich hinzulegen und erstaunlicherweise tat er das auch bereitwillig. In meinem Alkoholdunst hatte die Szenerie jetzt etwas Okkultes. Wie ein Ritus zur Vorbereitung eines Menschenopfers mutete der Schabernack an. Glücklicherweise haben sie Kristian nur gedreht und nicht geopfert. Als er wieder unten heil angekommen war, deutete ich meinen Rückzug von der Party an. Nicht ohne Angst sonst noch selber diese Drehung mitmachen zu müssen und vielleicht als das bessere Opfer auserkoren zu werden. Ferner überlegte ich mir, wenn ich so betrunken bin, sind die anderen das vermutlich auch und ich möchte nicht in einem norwegischen Ferienhaus aus 2 Meter Höhe mit dem Kopf voran auf den Boden krachen, nur weil einer kein Gleichgewichtsgefühl mehr hat. Bei Wikingern weiß man ja nie. Mit Met im Kopf erleidet man schnell mal Schiffbruch.

Kristian reichte es auch und wir machten uns bierselig vom Acker. Wir gratulierten uns noch einmal gegenseitig zu diesem gewagten Schritt auf eine Party zu gehen und dankten Jan für seine Vorbildfunktion.

## Winter in Norwegen

Auch Florø mussten wir leider wieder verlassen. Der Zeitplan drängte mal wieder. Wir mussten dank der ungeplanten Autoreparatur und des damit verbundenen Zwischenstopps in Olden unseren Zeitplan etwas straffen und unseren Aufenthalt um einen Tag verkürzen.

Von den Partygästen und den drei Schwedinnen haben wir bis zur Abreise niemanden mehr wiedergesehen. Schade, es wäre bestimmt interessant geworden, sich nach solch einer Party noch einmal zu unterhalten. Natürlich nur, falls wir nicht zu langweilig gewesen sind.

Wir hatten noch kein festes Ziel für unser nächstes Nachtlager. Der Plan sah vor, sich an der Küste entlang, langsam in Richtung Bergen vorzuarbeiten. Auf dem Weg dorthin wollten wir die hoffentlich noch vorhandenen Campingplätze nutzen, die auf unserer völlig veralteten Campingkarte verzeichnet waren. Wir hatten bis auf ein Haus bei Egersund keine Hütten im Vorwege gebucht. Das verschaffte uns Freiraum, um an Orten die uns gefielen auch mal etwas länger bleiben zu können. Es barg allerdings auch die Gefahr keine Hütte für die Nacht zu bekommen, was in den Sommermonaten im Süden von Norwegen durchaus möglich ist. Die meisten Touristen die Norwegen besuchen, kommen in den Sommerferien und bleiben auch im südlichen Teil des Landes. Nur wenige nehmen die beschwerliche Fahrt bis zu den Lofoten oder bis zum Nordkap auf sich.

Es standen bei der weiteren Reise also nur zwei Termine fest, die wir einhalten mussten. Das Haus in Egersund und die

Fährabfahrt nach Dänemark von Kristiansand aus. Bei aller zeitlichen Großzügigkeit merkten wir schnell, dass ein vorankommen an der Küste doch länger dauerte als erwartet. Immer wieder musste man weit ins Landesinnere zurück, um eine Bucht, Flussmündung oder einfach nur Inseln zu umfahren. Die Küstenlinie ist sehr zerklüftet und wenn man nicht aufpasst, ist nach vielen Autokilometern die Straße einfach zu Ende. Man steht vor einer Leitplanke die verhindert, dass man in den Atlantik plumpst. Ein wunderschöner Blick, aber für ein zügiges Vorankommen sind solche Wege auf Halbinseln eher kontraproduktiv.

Die Straßen sind sehr eng, kurvig und unübersichtlich. Das Ausweichen bei entgegenkommenden Fahrzeugen ist schwierig und bedarf manchmal sehr viel Fingerspitzengefühl und gutes Wissen über die Ausmaße des eigenen Fahrzeugs. Immer wieder war ich froh in einem Kleinwagen zu sitzen. Wenn es eng wurde, war man auf diesen engen Straßen mit einem Kleinwagen im Vorteil. Bei Gegenverkehr war ein elegantes Vorbeizwängen an dem anderen Fahrzeug kein Problem. In anderen Situationen hätte ich gerne ein bisschen mehr Knautschzone gehabt. Einen Volvo aus den Siebzigern, mit übergroßer Motorhaube, beispielsweise. Schließlich haben auch die Lastwagenfahrer in Norwegen keine Zeit und bremsen nur ungern in Kurven.

Unsere Reisegeschwindigkeit reduzierte sich durch die geschwungene Infrastruktur da gerne mal auf Hollandradniveau. Wenn wir die 50 km/h mal erreichten oder gar überschritten, grenzte es an einen Geschwindigkeitsrausch mit WARP Geschwindigkeit. Eilig sollte man es nicht auf diesen Straßen haben. Für den Fahrer ist diese Art der Fortbewegung ausgesprochen anstrengend. Ständig mit einem Fuß auf der Bremse. Jede neue Kurve kann neue Überraschungen parat halten. Felsen, Elche, Trolle oder Jürgen und Gisela, die noch ein Foto inszenieren müssen.

Für die Beifahrer wiederum eröffnet sich hinter jeder neuen Kurve eine neue Landschaft. Ein Ausblick atemberaubender als der nächste. Die recht karge Landschaft, die wenigen Bäume, die mit Heide, Flechten, niedrigen Büschen überwachsenden Felsen und der immer wieder freiwerdende Blick auf das offene Meer lassen einen staunend im Auto sitzen.

Viele Brücken müssen in dieser Inselwelt überfahren werden und man wundert sich, mit welchem akribischen Aufwand die Norweger bemüht sind, ihre vielen kleinen Inseln miteinander zu verbinden. Wie Perlen, die aufgefädelt werden wollen. Wo eine Brückenanbindung nicht möglich ist, pendeln immer noch Fährschiffe und verbinden die Norweger miteinander. Das Land legt viel Wert auf eine intakte Infrastruktur, die vor allem im Winter eine Versorgung der Menschen nicht nur über das Wasser, sondern auch über Land gewährleisten soll. Dieses wird bis in die entlegensten Regionen praktiziert und da kann es vorkommen, dass es aufwändig angelegte Brücken gibt, die vermeintlich in keiner Relation zu der eingebundenen Insel mit seiner Handvoll Einwohnern steht. Oslo lässt sich den Aufwand was kosten, um der Bevölkerung des gesamten Landes das Gefühl zu geben, nicht von den Regierenden in der fernen Hauptstadt vergessen worden zu sein. Das ganz besonders in den entlegenen Küstenregionen mit seinen vielen Schäreninseln und den noch weiter im Atlantik vorgelagerten Inseln. Bei einer Küstenlinie von ca. 25.000 km ein nicht ganz leichtes Unterfangen und ein ausgesprochen ehrgeiziges Ziel.

Ich habe Norwegen noch nicht im Winter erlebt. Das wird vermutlich in naher Zukunft sich auch nicht ändern. Es sei denn, ich verwandele mich über Nacht in einen begeisterten Ski- und Schlittenfahrer. Ich bin ein Schneehasser. Dieses kalte nasse Zeug konnte bei mir noch nie Begeisterungsstürme auslösen. Wenn andere vor Glück ausflippen, wenn die ersten Schneeflocken am Fenster vorbei fallen, rolle ich mit den Augen. Schnee konnte bei mir bisher nicht Punkten und mir seine Vorzüge näherbringen.

Momentan sitze ich in einem Auto und durchfahre im Sonnenschein eine wahnwitzige Natur, die einen mit seinen Farben geradezu anschreit man möge sie beachten. Aufgrund unserer Nähe zum Polarkreis scheint nahezu ununterbrochen für uns die Sonne. Die Sonne geht wirklich nur für sehr wenige Stunden unter in der Nacht. Aber bekanntermaßen ist das ja nicht immer so in Norwegen. Man munkelt ja, dass es im Winter eher umgekehrt sein soll. Wenig Sonne, viel Nacht und eine Menge Schnee, unter dem sich die Natur versteckt. Manchmal soll zu Wind, Regen, Schnee und allem was dazwischen liegt auch noch schlechtes Wetter kommen und dann braucht man in Norwegen ein dickes Fell. Ein Winter in Norwegen erfordert viel Nervenstärke und ein ausgeglichenes Gemüt. Ob ich dafür geschaffen bin? Soviel Dunkelheit? Gut, man sieht das schlechte Wetter aufgrund der Dunkelheit nicht, man spürt es nur, um dem Ganzen mal etwas Positives abzugewinnen. Ich würde vermutlich nach kürzester Zeit ein weiterer Strich in der an sich schon gutbestückten Selbstmordstatistik Norwegens sein. Ich glaube, ich bin noch nicht bereit einen Winter in Norwegen zu verbringen. Aber was nicht ist, kann ja noch werden.

Ich verwarf meine Gedanken über den Winter, denn ich fing an zu frösteln. Glücklicherweise erreichten wir die nächste Fähre und ich konnte meine Gedankenspiele über Bord werfen und mich wärmeren Dingen zuwenden. Diese hielten in Form eines anderen Kleinwagens direkt neben uns. Zwei hübsche Mädels lachten uns direkt durch das offene Seitenfenster an. Mein Herz ging auf. Wie süß. Da kann man doch auf der Fähre bestimmt mal ein paar Worte wechseln, dachte ich. Sie fragten, was für Musik wir da hören und versuchten so Kontakt aufzunehmen. Peter, leider in diesem Moment unser Fahrer, sagte lachend „that's good german music!" und damit hatten wir dann auch gleich bei den Mädels verloren. Zumindest war das Interesse an uns nicht mehr so groß und wir sahen die beiden auf der Fähre dann auch nicht wieder. Die *Rodgau Monotones** brauchen wohl noch ein wenig Zeit, um die Herzen norwegischer Mädchen zu erobern. Wir mussten dringendst etwas an der Musik ändern.

Aber egal. Wir waren auf der Fähre und wir nutzten die Pause, um uns im Bauch der Fähre die eigenen Bäuche mit Pfannkuchen vollzuschlagen. Auf einigen Fähren gab es im unteren Aufenthaltsraum selbstgemachte Pfannkuchen gegen kleines Geld. Und die waren jedes Mal so lecker, dass einem aufgrund der einverleibten Menge schlecht war, wenn man die Fähre wieder verließ. Man war dankbar für jede kleine kulinarische Veränderung.

*Rodgau Monotones sind eine deutschsprachige Rockgruppe aus dem Hessischen mit so lustigen Titeln wie „Kleiner Pirat", „Die Hesse komme!" oder „St. Tropez am Baggersee"*

Wer mit kleinem Auto und noch kleinerem Geldbeutel reist, der reduziert seine Ansprüche notgedrungen auf das, was er transportieren kann und freut sich über jegliche Abwechslung die unerwartet von außen kommt.

Das, was wir tatsächlich in unserem kleinen Starlet an Lebensmitteln transportieren konnten, beschränkte sich auf die ganz einfachen Dinge, die zum täglichen Gebrauch beim Kochen nötig waren. Unsere Grundstoffe waren dann auch nur Mehl, Salz, Zucker, Öl und einige wenige Gewürze. Eine Handvoll Dosen mit Erbsensuppe und Frühstücksfleisch fanden zusätzlich als Luxusartikel noch den Weg in unseren fahrenden Präsentkorb. Letztendlich hatten wir nur das im Gepäck, was man zum Fischbraten brauchte. Alles andere für die Nahrungsmittelaufnahme musste vor Ort besorgt werden. Hier diktierte der Geldbeutel den Einkauf. Brot, Wurst und Butter gingen natürlich immer. Aber Gemüse und Obst wurden nur im äußersten Notfall gekauft. Bei der Entscheidungsfindung im Supermarkt, entscheiden der Preis und der Kaloriengehalt, was letztendlich gekauft wird. Da hatte dann die Salatgurke schon mal das Nachsehen, wenn man für den gleichen Preis ein Stück Fleisch oder zwei Packungen Kekse bekommen konnte. Auch die Preise für Obst waren für uns indiskutabel. Die Äpfel waren so wertvoll, dass sie einzeln im Supermarkt in Plastik verschweißt angeboten wurden. Gekauft wurde nur, wenn der Skorbut drohte, die Mangelerscheinungen die Überhand gewannen und der sich einschleichende Wahnsinn das Überleben der anderen bedrohte. Was blieb, war Brot und der selbst gefangene Fisch. Fisch und Weißbrot. Da geht einem irgendwann die Darmflora durch. Da sind die Pfannkuchen auf den Fähren ein echter Leckerbissen und ein Goodie für den Darm.

Da auf dem weiteren Weg an der Küste entlang in Richtung Bergen noch diverse Fährverbindungen lagen und diese auch alle bezahlt werden wollten, entschieden wir uns wieder zurück in Richtung Landesinnere zu fahren. Wir wollten uns einige Fährpassagen ersparen und damit unsere Urlaubskasse etwas entlasten. Wir wollten nur noch eine Fähre über den Sognefjord nehmen, da ein Umfahren tatsächlich zu viele Kilometer gebraucht hätte und das dann verfahrene Benzingeld auch für die Fähre gereicht hätte.

Wir erreichten den Sognefjord und passierten das altehrwürdige Kviknes Hotel in Balestrand. Ein wunderschönes Hotel mit dem Charme der Belle Epoque und in dem bereits Kaiser Wilhelm der II mehrfach gastierte. Erinnerungen wurden wach. Nicht an den Kaiser, sondern daran, dass wir mit der Studienreise hier ebenfalls einmal pausiert hatten. Nach dem Kaiser und auch nicht direkt im Hotel, aber in der näheren Umgebung. Eine Nacht hätte vermutlich in etwa das Budget der gesamten Reise aufgebraucht. Nein, von hier aus boten unsere Lehrer die Möglichkeit an, mit einem Wasserflugzeug über die umliegenden Berge und Gletscher zu fliegen.

Kaum einer aus der Gruppe hatte damals zu diesem Angebot „Nein" gesagt. Ein Erlebnis. Viele aus der Gruppe waren bis zu diesem Zeitpunkt noch nie geflogen, geschweige denn mit einem Wasserflugzeug über die norwegische Bergwelt. Der Flug dauerte maximal eine Viertelstunde, aber mir kam der Flug wie eine Ewigkeit vor. Was für eine neue Perspektive die norwegischen

Berge und Gletscher uns aus der Vogelperspektive auf einmal boten. Der Blick von oben aus dem Flugzeug auf die Gletscher war atemberaubend. Es war beeindruckend dieses wie dahin gegossene Eis einmal von oben zu sehen. Davor zu stehen ist schon ergreifend, aber von oben ist es unfassbar. Hinzu kam das aufregende Gefühl für diejenigen, die noch nie in ihrem Leben in die Luft gegangen sind.

Der Blick von oben zeigte auch, wie hoch die Felswände der an den Fjord grenzenden Berge in den Himmel steigen. Was der Blick allerdings nicht zeigte, war, dass diese Felswände unter Wasser noch einmal 1.300 Meter in die Tiefe gehen. Damit gehört der Sognefjord zu den tiefsten Fjorden Norwegens. Die Landung war entsprechend, zwischen diesen steilen Felswänden, ebenfalls spektakulär. Im Landeanflug auf den Fjord, war aus unserem kleinen Seitenfenster der Abstand zwischen Flugzeug und Wasseroberfläche nicht auszumachen, so glatt lag der Fjord unter uns. Man konnte die Spiegelung des Wasserflugzeugs auf der Wasseroberfläche sehen und plötzlich spritzte unerwartet das Wasser an den aufsetzenden Kufen des Flugzeugs zur Seite. Was für eine optische Täuschung. Ich hätte schwören können, noch mindestens fünf Meter über dem Wasser zu fliegen. Das Wasserflugzeug dreht eine Runde nach der anderen, bis alle einmal diesen einzigartigen Flug mitgemacht hatten. Und nach jeder weiteren Landung entließ der Flieger drei mit Adrenalin vollgepumpte Halbwüchsige auf den kleinen Bootssteg vor dem Hotel. Nicht viele von uns hatten in ihrem bisher kurzen Leben einen solchen Adrenalinschub erlebt und jeder verarbeitete dieses Erlebnis anderes. Einige redeten ohne Punkt und Komma auf andere ein, andere sprangen wie Kühe, die nach einem langen Winter wieder aus dem Stall durften, auf der Wiese herum und wieder andere genossen, etwas Abseits am Ufer sitzend, das Erlebte still und in sich gekehrt.

Gerne hätte ich noch einmal solch einen Flug gebucht und diesen Rausch erlebt, aber die Reisekasse verweigerte die Finanzierung eines solchen Events. Schade. Wir ließen also den Fjord und sein Hotel da wo sie lagen und fuhren weiter in Richtung Bergen.

# Stabkirchen

Auf der Fähre über den Sognefjord bei Balestrand war mir ein Werbeflyer für die Stabkirche in Borlund in die Hände gefallen. Wieder im Auto und bereits auf der nächsten Etappe zum nächsten Ziel, zog ich den Flyer aus meiner Tasche. Hier auf meiner Rückbank konnte ich mich jetzt bequem mit dem Inhalt des Blattes beschäftigen und mir ein wenig die Zeit vertreiben. Kultur ist für den geistigen Haushalt ja so wichtig.

Es war ein einfaches Informationsblatt über die Stabkirche in Borlund und man wurde quasi eingeladen doch hier einmal vorbeizuschauen und sich dieses faszinierende Gebäude einmal genauer anzusehen. Kirchen interessieren mich generell nicht so sehr, aber der Autor dieser Werbeschrift hatte es tatsächlich geschafft mein Interesse zu wecken. Er hatte seinen Job also gut gemacht und das erreicht, was er wollte. Ich ließ mir unsere Faltkarte von Norwegen nach hinten reichen und sah auf unserer Landkarte nach, ob dieses Borlund irgendwie auf unserem weiteren Weg liegt. Dem war leider nicht so. Wir fuhren genau in die entgegengesetzte Richtung. Schade. Gerne hätte ich noch einmal eine dieser imposanten Stabkirchen besucht. Auf unserer Studienreise hatten wir eine dieser Stabkirchen im Sightseeingprogramm. Leider ist mir entfallen in welcher Ecke von Norwegen unser besuchtes Exemplar stand. Ich weiß nur, dass dieses Gebäude zwiespältige Gefühle in mir geweckt hatte.

Wie aus dem Moor aufgestiegen stand die alte Stabkirche damals vor uns. Eine auffällige Erscheinung, die sich in fast schwarz auf der sehr grünen Wiese präsentierte. Der Anblick stieß mich ab, alles wirkte dunkel und etwas morbide. Trotzdem ging vielleicht aufgrund der dunklen Erscheinung eine gewisse Faszination von diesem Ort aus und zog mich trotz der Abneigung meinerseits doch magisch an. War es das stattliche Alter dieser Kirche? Die mittelalterliche Aura? Ich weiß es nicht. Der Anblick irritierte mich, da man dieses Gebäude nicht auf Anhieb als Ort des christlichen Glaubens erkennen konnte. Das Gebäude hatte mehr Ähnlichkeiten mit einer asiatischen Pagode, mit seinen vielen kleinen Dächern, den unzähligen Kanten und den mit Schnitzereien reich verzierten Vorsprüngen. Hier und da waren Drachenköpfe zu sehen. Vom Aufbau des Gebäudes her, hätte es auch eine zu klein geratene Whiskydestillerie sein können, mit einem sehr kleinen Mälzboden unter dem Türmchen. Aber ein Schild für den interessierten Touristen oder Schüler belehrte uns eines Besseren.

Nachdem wir nun herausgefunden hatten, dass wir vor einer sehr eigenwillig gestalteten Kirche standen, wollten wir sie auch besichtigen. Zumindest einige von uns Schülern. Wir schritten auf das Gebäude zu und je näher wir kamen, umso unheimlicher wurde es mir. Mit jedem Schritt auf die Kirche zu, hoben sich die filigranen Schnitzereien von der schwarzen Oberfläche des Holzes immer mehr ab und weckten bei mir den Eindruck eher eine alte Kultstätte der heidnischen Wikinger zu betreten, als einen Ort Gottes. Christlich wirkte hier gar nichts. Überall waren Kanten, Zacken, Ecken verbaut. Eine Bauart, wie ich sie tatsächlich eigentlich nur aus Asien kannte. Hier glaubt man, dass böse Geister nicht um Ecken gehen können und das Gebäude durch verwinkelte Gänge, Brücken, Dachschrägen vor diesen besagten Geistern geschützt werden können

Ich fröstelte, und es lag nicht an dem guten Wetter. Etwas Kaltes ging von diesem Ort aus. Hier konnte man sich das nicht ganz einfache Zusammenleben der Menschen mit den Trollen wahrlich vorstellen. Die Kirche wirkte wie eine Zeitkapsel und erzählte anschaulich von längst vergangenen Zeiten. Die Eingangstür weckte bei mir den Verdacht nach dem Anklopfen von Hägar dem Schrecklichen persönlich begrüßt zu werden.

Eine auffallende Enge und Dunkelheit herrschten in dieser Kirche. Hier eine Nische, dort ein kleiner fensterloser Erker. Ich spürte die vielen Generationen, die in dieser Kirche ihren Glauben gelebt oder einfach nur Zuflucht gesucht haben. Die Nutzer dieser Kirche müssen ausgesprochen klein gewesen sein. Die Vermutung, dass Mensch und Troll doch einen gemeinsamen Stammbaum haben, drängte sich auf. Ich musste an Roy denken. Trinken Trolle eigentlich Dosenbier?

Wenn die Augen sich erst einmal an das etwas düstere Ambiente gewöhnt haben, erscheint das Kircheninnere wie ein Wimmelbild. Überall gab es etwas zu entdecken. Hier ein Relief, dort eine Zeichnung oder Schnitzerei. Verschnörkelte Ornamente an den tragenden Holzbalken. Bei einigen Schnitzereien erkennt man nicht nur Motive christlichen Ursprungs, sondern auch Motive, die heidnische Symbolik beinhalten. Die Christianisierung Norwegens lief wohl eher fließend ab. Der heilige Olav der Dicke war wohl bemüht den christlichen Glauben zu verbreiten, aber einen klaren Schnitt konnte nicht einmal er bewirken. Auch die altgedienten Götter bekamen noch ihren Platz in dieser Kirche. Ich musste an die Edda denken, eine heilige Schrift, die das Tagewerk der heidnischen

Götter und Helden beschreibt und der Grundpfeiler der nordischen Kultur darstellt. Alle finden sich in dieser Kirche wieder.

Über die Schönheit der Stabkirchen kann man diskutieren und auch die Existenzberechtigung der Institution Kirche an sich, ist bestimmt diskutabel. Leider haben sich in den letzten Jahren einige Norweger dazu berufen gefühlt, auf ihre Art einen Beitrag zu der geführten Diskussion zu leisten und ihre Meinung auf sehr rustikale Weise zu untermauern. Sie zündeten einfach einige Kirchen an. Im Namen des Satans. Da es sich auffälliger Weise bei den Teufelsanbetern um überwiegend Mitglieder von Blackmetalbands handelte, liegt der Verdacht allerdings sehr nahe, nur ein wenig schlechte Werbung für sich machen zu wollen. Alice Cooper, der alte Schockrocker, der ebenfalls gerne mit den Attributen des Teufels spielt, stellte augenzwinkernd fest, dass diese selbsternannten Satanisten doch eigentlich sich gar nicht dem Teufel an den Hals geworfen haben können, da sie sich sonst nicht bei Zusammentreffen ihm gegenüber so eingeschüchtert geben würden: *„Hello, Mr. Cooper. How are you? Nice to meet you. My mother is right over there; could she have your autograph?". And I say; "I thought you guys were like satanists or something?". You know, it's like; "Well yeah, we are, but....!"*[1] Immerhin ist Alice Cooper bekennender Christ. Würde sich ein Satanist einem Christen gegenüber so unterwürfig verhalten?

---

*Ein Zitat aus dem Film Heavy Metal - A Headbanger's Journey von Sam Dunn. Eine sehenswerte Dokumentation über die Hintergründe und Entstehung der Musikrichtung Metal*

Der These, dass es sich bei den Brandstiftern nicht um Satanisten, sondern um Trolle gehandelt haben soll, kann man getrost widersprechen. Trolle würden sich nie auf das Niveau des Menschen herablassen. Es ist schade, dass von den angezündeten Kirchen einige nicht mehr gerettet werden konnten und ein Opfer der Flammen wurden. Erhaltenswert sind die verbliebenen Stabkirchen allemal und es ist schön, dass die allermeisten Norweger zu den Stabkirchen stehen, diese als einen Teil ihrer norwegischen Identität anerkennen und mit viel Mühe, Fleiß und Geld diese für die Öffentlichkeit erhalten und herrichten.

# Nachttankstelle

Es war mittlerweile nach 20 Uhr und wir hatten noch immer keine Tankstelle gefunden. Die Tanknadel nährte sich bedrohlich dem Beginn des roten Bereichs. Vor zwei Stunden hatten wir eine Tankstelle in einem kleinen Hafen gefunden. Die war allerdings bereits für die Nacht verriegelt und verrammelt und es war weit und breit niemand zum Fragen nach der nächsten Tankstelle in Sicht gewesen.

Wir beschlossen mit dem verbleibenden Rest von einem viertel vollen Tank weiterzufahren und auf eine weitere Tankstelle zu hoffen. Wie wir jetzt feststellten, war die Tankstellendichte an der Küste geringer als erwartet. Vor allem was die Nachttankstellendichte anbelangte. Zudem hatten wir uns mal wieder mit den Entfernungen in Norwegen verschätzt und den Weg zu unserem nächsten Ziel völlig falsch kalkuliert. Wir hielten alternativ Ausschau nach Campingplätzen oder einem anderen gediegenen Platz zum Schlafen. Wir mussten ja alle Eventualitäten einplanen. Zudem sollte es wohl tagsüber einfacher sein eine geöffnete Tankstelle zu finden.

Die Tanknadel rutschte immer weiter in den roten Bereich der Tankanzeige. Wir klammerten uns an jeden Strohhalm und es führte soweit, dass wir zwei kleine Hütten auf einer offenen Wiese für Campinghütten hielten. Sie lagen so malerisch in einer kleinen offenen Bucht mit freiem Blick auf das Meer, dass ich mich sofort in diesen Platz verliebte und mir sogar einen verlängerten Aufenthalt von zwei Nächten hier vorstellen konnte. Blind vor Liebe, warf ich den guten Vorsatz über Bord, keine blauäugigen und aus der Hüfte geschossenen Entscheidungen bezüglich der Hüttenwahl zu tätigen. Ich schlug vor, direkt zum Bauernhof nebenan zu fahren, da ich diesen für den Vermieter der Hütten hielt. Es gab ansonsten keine weiteren Häuser in Sichtweite, was mich in meiner Annahme bestärkte und damit für mich eine vorherige Besichtigung der Hütten für überflüssig machte. Ich wollte die Hütten unbedingt sichern, noch bevor jemand anderes auf die gleiche Idee kommt und uns diese noch vor der Nase wegschnappt. Glücklicherweise hielten Kristian und Peter es für eine bessere Idee, sich erst einmal die Hütten genauer anzusehen und dort auf einen Hinweis bezüglich der Vermietung zu suchen. Mein laut vorgetragenes Veto wurde eiskalt ignoriert.

Wir fuhren auf die Wiese, parkten und stiegen aus. Den Restweg zu den Hütten legten wir zu Fuß zurück. Je näher wir den Hütten kamen, umso kleiner wirkten sie und als wir direkt vor den beiden Hütten standen, war der Groschen noch immer nicht bei mir gefallen. „Warum war auf der Tür der einen Hütte ein Männchen und auf der anderen Hüttentür ein Mädchen abgebildet? Getrennte Hütten für Männer und Frauen? Ein katholischer Campingplatz?", stellte ich mir die Frage und begriff es noch immer nicht. Erst als die beiden lachend zurück zum Auto gingen, lichtete sich der Nebel in meinem Gehirn. Klohäuschen. Es waren einfach nur zwei Klohäuschen. Zwei Klohäuschen auf einem Rastplatz, auf dem zurzeit kein weiteres Auto stand. Ich wurde knallrot und hoffte hier und jetzt direkt im Boden zu verschwinden. Bin ich doof. Wie kann man sein Gehirn nur so auf Sparflamme halten? Ich ärgerte mich über mich selber. Eigentlich hätte ich mich darüber totlachen sollen, aber mit dieser Aktion hatte ich Peter und Kristian wieder einmal eine wunderbare Steilvorlage für dumme Sprüche gegeben. Glücklicherweise blieb mir erspart beim Bauern auf der Schwelle zu stehen und zu fragen, ob die beiden Hütten noch zu vermieten sind. Ich hätte vermutlich dem Bauern den Brüller schlecht hin für seinen nächsten Stammtisch auf dem Silbertablett präsentiert.

Die Nadel lag mittlerweile auf dem kleinen Begrenzungsstäbchen der Tankanzeige und es war nur noch eine Frage der Zeit, bis dem Motor der Saft abgedreht wird und wir irgendwo im Nichts stehen bleiben. Aus heiterem Himmel tauchte einige Kilometer weiter hinter einer Kurve eine Tankstelle auf und direkt dahinter noch einige Häuser. Wir hatten ein Dorf mit Tankstelle erreicht. Zu unserer Enttäuschung war leider auch diese bereits geschlossen, aber wir hielten trotzdem. Es war mitten in der Nacht und wir rollten mit dem letzten Tropfen Benzin an die Zapfsäule und blieben genau dort stehen. Es war niemand zu sehen. Das Dorf schlief bereits. Aber es war nicht schlimm. Wir waren einfach nur erleichtert, nicht in der Pampa stehen geblieben zu sein und richteten uns zufrieden für die Nacht auf der Tankstelle ein. Damit würde ich wohl zum ersten Mal in meinem Leben am Morgen der Erste beim Tanken an einer Tankstelle sein. Was für ein besonderer Moment. Die Nacht verbrachten wir in unseren Schlafsäcken neben unserem Auto auf dem harten Asphalt der Tankstelle. Es war eine recht schlaflose Nacht, aber es war ein besserer Ort zum Nächtigen, als irgendwo an einer Landstraße im Nirgendwo. Zumindest hatten wir ein Dach über dem Kopf, auch wenn es glücklicherweise nicht gerade regnete. Man wird genügsamer, wenn man mit einem Starlet zu dritt Norwegen bereist. Man freut sich schon über den kleinsten Komfort, selbst wenn es nur die Möglichkeit ist, die Beine auszustrecken. Manchmal ist Glück einfach nur ein kleiner Platz neben einer Zapfsäule.

Wir waren tatsächlich die Ersten, die an diesem Morgen an dieser Tankstelle ihren Wagen betankten. Der Tankstellenbetreiber musterte uns zwar skeptisch, wirkte aber nicht so, als ob wir die Ersten waren, die eine Nacht auf seiner Tankstelle verbracht haben. Er kassierte uns routinemäßig ab und wir trollten uns ungewaschen und hungrig unserer Wege.

## Willkommen in Bergen

Der Verkehr wurde dichter, je näher wir der Stadt Bergen kamen. Nach sehr viel einsamer Landstraße ein ungewohntes Gefühl wieder von mehr als zwei Autos umringt zu sein und an der ersten Ampel seit etwa 10 Tagen anhalten zu müssen. Aber auch ein aufregendes Gefühl. Wir haben Bergen erreicht. Innerlich jubelte ich. Kein selbst gefangener Fisch mehr zum Essen, nicht mehr mittags und abends Fisch. Keine Eiweiß-Überdosierung mehr. Was für ein Segen. So freuten sich mein Magen und ich uns auf die zweitschönste Stadt der Welt. Mein Onkel sagte diesen Satz zu jeder Gelegenheit. Immer mit dem Nachsatz „die Schönste wird noch gesucht". Übertragbar auf alle Gelegenheiten und in allen Situationen einsetzbar. Nein, ich freute mich wirklich auf Bergen.

Die Stadt ist wunderschön, auch wenn sie den wenig schmeichelhaften Ruf der regenreichsten Stadt Europas innehat. In unserem Falle präsentierte sie sich aber von ihrer besten Seite. Die Sonne schien und ich sah endlich wieder Menschen. Zivilisation an der ich mich laben konnte. Zwei Wochen mit meinen beiden Kapeiken auf engstem Raum und nur Natur, ist für einen Menschen aus der Großstadt wie mich einfach genug. Ich freute mich endlich wieder Menschen zu sehen; endlich wieder Häuser und Geschäfte um mich herum zu haben, in den Flaniermeilen schönen Frauen einen Blick hinterher werfen zu können, von einer Liaison mit einer schönen Norwegerin zu träumen und der schwelgerischen Vorstellung nachzuhängen unverhofft für immer hier bleiben zu können. Sonne, Stadt und Hormone können interessante Wechselwirkungen im männlichen Gehirn hervorrufen.

Bevor wir allerdings tatsächlich die eigentliche Stadt eroberten, machten wir auf dem Zeltplatz „Lone-Camping", im Randbezirk von Bergen, halt und bekamen tatsächlich auch auf Anhieb eine freie und bezahlbare Hütte. Ohne Vorbestellung!!! Das hatten wir nämlich aufgrund des unvorhergesehenen Zwischenstopps auf der Tankstelle total vergessen. Es war ein echter Glückstreffer. Es ist immer besser im Vorwege eine Hütte auf diesem Campingplatz zu reservieren. Der Platz ist aufgrund seiner Nähe zur Stadt ausgesprochen gut besucht. Das wir ohne Vorbestellung eine Hütte bekommen hatten, grenzte fast an ein Wunder. Vielleicht war es unser Glück, dass wir noch vor dem Beginn der Sommerferien und damit der Hauptreisezeit hier angekommen sind.

Die Hütte, die wir bezogen, stand auf einer kleinen Anhöhe. Von hier aus hatten wir einen freien Blick über den angrenzenden See und den davor gelegenen Zeltplatz. Man hätte es schlimmer treffen können. Die nächsten fünf Tage konnten kommen. Hier sollte es sich aushalten lassen, auch wenn die Hütte hier nicht mehr als den üblichen Standard mit vier Betten, Tisch und Stühlen bot. Aber es war besser als gar nichts und ich hielt mich mittlerweile bei der Beurteilung von Hütten zurück. Die Geschichte mit den beiden Klohäuschen die ich mieten wollte, hatte ich immer noch im Hinterkopf. Man muss ja nicht unbedingt olle Kamellen wieder aufwärmen und damit blöde Sprüche bei seinen Mitreisenden provozieren. Wir waren in Bergen und das war alles was zählte.

Gleich am ersten Abend hielt uns nichts mehr in der Hütte. Wir nahmen den Linienbus und waren innerhalb von 30 Minuten in Bergens Innenstadt. Damit hatten wir uns auf jeden Fall schon einmal die Maut für das Mitführen von Autos in die Stadt gespart und wir konnten am Hafen unser erstes Bier in der Abendsonne zu uns nehmen. Vorher passierten wir noch den legendären Fischmarkt, der täglich am Hafen gastiert. Der Fisch ist fangfrisch (sagt man!) und so international, wie die Währungen in denen gezahlt werden kann. EURO, Kronen und US-Dollar. Die Lachsbrötchen schmeckten Kristian und Peter zumindest bestens. Ich war noch auf der Suche nach etwas anderen essbarem. Wenn ich hier schon alle Möglichkeiten habe, dann will ich das kulinarisch auch nutzen. Notfalls tut es auch ein Hotdog. Bloß keinen Fisch. Vielleicht einen Walburger? Ist ja kein Fisch. An einem Stand wurde tatsächlich Walfleisch angeboten. Ich musste an die rühmlichen Bemühungen von Greenpeace gegen die Waljagd denken und jetzt stand ich bei diesem Fischer, der Filetstücke eines Wals anbot. Am Stand selber wurden auch T-Shirts mit einem comichaft gezeichneten Wal, zwischen zwei Brötchenhälften auf der Brust, zum Verkauf angeboten. Darunter stand der geistreiche Spruch *Intelligent food for intelligent people*. Dieser Verkaufsstand wirkte wie ein trotziges Kind, das die Sinnlosigkeit des kommerziellen Walfangs nicht einsehen wollte. Die Norweger haben da eine sehr alleinstehende Einstellung im direkten Vergleich zum Rest der Welt. Nur vereint mit den Japanern und den Isländern. Ich überlegte, wie lange ein solcher Verkaufsstand auf dem Hamburger Fischmarkt Bestand hätte, bevor er von aufgebrachten Bürgern dem Erdboden gleichgemacht wird. Mit einem Lächeln kehrte ich dem Walfleischfachverkäufer den Rücken und setzte meinen Streifzug über den Fischmarkt fort.

Während meiner unangestrengten Suche nach was zu knabbern, genoss ich das bunte Treiben am Hafen. Zwei Jungs, nicht älter als

173

12 Jahre, saßen am Rande des Hafenbeckens und spielten Rock Hits der 90er auf ihren Akustikgitarren. Von „Cats in the cradle", bis „Knocking on heavens door". Ich hörte den Jungs ein wenig zu, legte ihnen ein paar Kronen in den Hut und ging in bester Stimmung weiter über den Markt. Nachdem ich auch endlich etwas zum Essen gefunden hatte, das nicht vorher im Wasser geschwommen ist, zog ich weiter gen Hafenkneipe, die direkt am Hafenbecken stand und die ankommenden Segler mit der Aussicht auf ein kühles Bier im offenen Biergarten begrüßte. Bevor ich allerdings die Chance hatte, bis zu dem Bier vorzudringen, stellte sich mir noch eine Busladung deutscher Touristen älteren Baujahres in den Weg. An ein Durchkommen war nicht mehr zu denken. Dicht an dicht stand diese beige Wand vor mir. Mit dem Rücken zu mir lauschten sie andächtig einer Gruppe von Indios, die auf ihren Panflöten „El Condor Pasa" spielten. Tausendmal bereits in der Hamburger Innenstadt in der Spitalerstraße gehört. Es würde mich nicht wundern, wenn es sich bei den hier aufspielenden Indios nicht sogar um die gleiche Truppe handelte. Ein Hauch von Heimat lag in der Luft. Ich kämpfte mich durch ein Heer von Stützstrümpfen und Gehwagen. Im Vorbeidrängeln hörte ich eine ältere Dame aus der Busgesellschaft zu einer anderen Dame tuscheln „Das sind Lappen, die Eingeborenen von Norwegen!" Ich musste weg, ich sah keinen Grund den Irrtum aufzuklären. Mein Bier wartete.

Es ist eines der berauschendsten Gefühle, welches ich je erlebt habe. Nach Tagen der Einsamkeit in der Einöde, keinem Kontakt zu Menschen, keinem vernünftigen Essen, nur Fisch zum Überleben. Und jetzt sitze ich hier in mitten von Leben. Die Sonne scheint, viele ebenfalls gutgelaunte Menschen wuseln um mich herum, der offene

Hafen mit einer endlosen Zahl an Segelschiffen, die wunderschöne Kulisse der deutschen Brygge im Hintergrund, dazu ein frisch gezapftes Bier auf dem Tisch. So muss sich jemand fühlen, der aus der Einzelhaft oder dem Dschungelcamp kommt. Nicht, dass die Tage vorher nicht schön gewesen wären, aber eben anders schön. Die Emotionen kochten einfach hoch und ich fühlte mich, als könnte mein Glück nicht größer sein. Scheinbar war ich nicht alleine mit meinen überbordenden Gefühlen und wir beschlossen nach einem weiteren Bier noch in die Stadt zu ziehen und das Nachleben von Bergen zu erkunden. Die Fußgängerzone war noch belebt, als wären die Geschäfte geöffnet. Überall liefen, stand, saßen Menschen. Die gute Laune war nahezu greifbar. Das fantastische Wetter ließ das Launebarometer in der gesamten Stadt steigen.

Aus einer Kellerspelunke krakelte laute englische Musik. Wir befanden die Musik für gut und beschlossen einzukehren. Der Name „Downstairs" war Programm und wir gingen die wenigen Treppenstufen hinab. Wir betraten eine kleine, aber feine Mischung aus Kneipe und Disko.

Das Downstairs war nicht sonderlich gut besucht. An einem größeren Stehtisch standen einige Jugendliche und schienen das Wochenende zu feiern. Uns schenkten sie keine weitere Beachtung. Man weiß ja nie, ob man beim Betreten einer einem unbekannten Kneipe, nicht das Territorium von irgendwelchen Einheimischen betritt und damit Ärger provoziert. Wikinger können sehr launisch sein. Das Desinteresse an uns war eventuell daraufhin zurückzuführen, dass Bergen als Touristen- und Studentenstadt immer wieder neue Gesichter in diesen Laden spült. Neue Gäste sind wohl an der Tagesordnung und bedürfen keiner weiteren

Beachtung. Ich glaubte an meine These und war für die allgemeine Ignoranz die uns entgegen schlug nicht ganz undankbar. Ärger ist das, was ich hier jetzt am wenigsten haben möchte.

Erst nach etwa einer halben Stunde wagte ein bereits leicht angeheiterter Bursche vom Nachbartisch einen freundlichen verbalen Vorstoß. Scheinbar waren wir nicht uninteressant genug, um weiterhin ignoriert zu werden. Als er unsere deutsche Herkunft herausfand, ging er einen Schritt zurück, Stand stramm und begrüßte uns mit einem krachenden „Heil Hitler", den rechten Arm in ungesunder Körperhaltung nach vorne gestreckt. Vermutlich die einzigen deutschen Worte die er konnte. Dann krümmte er sich vor Lachen und kam wieder auf uns zu. Mit dieser Situation mussten wir jetzt erst einmal umgehen. Waren wir in einer Nazikneipe gelandet? Wurden wir als Deutsche immer und überall mit dem bekanntesten Deutschen (der ja eigentlich gar kein Deutscher war) in einen Topf geworfen und uns zwangsläufig die gleiche braune Gesinnung unterstellt? Auf was mussten wir uns jetzt hier in diesem Kellerloch gefasst machen? Der Typ kam wieder auf uns zu, lachte und zeigte auf unsere entgleisten Gesichtszüge. Er kriegte sich fast nicht mehr ein und auch seine Freunde waren den Tränen nahe. Er lud uns zu seinen Freunden an den Tisch ein und besorgte uns drei Bier. Langsam kam mein Herz wieder aus der Hose an seinen angestammten Platz gewandert, auch wenn ich noch immer nicht ganz wusste, was hier eigentlich gerade passierte.

Die Norweger waren weder Nazis noch sonst irgendetwas. Sie waren einfach gut gelaunt und meinten Deutsche auf diese Art und Weise begrüßen zu müssen. Das Ausland geht mit unserer

Vergangenheit irgendwie anders um als wir selber, wie ich feststellen musste.

Ab jetzt lief der Abend. Wir hatten Anschluss gefunden und Leute die uns sagen konnten, wo man nach der Sperrstunde noch ein Bier trinken gehen konnte. Wir waren alle schon sehr lustig und torkelten aus dem Downstairs weiter durch die Straßen von Bergen. Von Müdigkeit keine Spur. Die Urlaubsendorphine sorgten für eine übersprudelnde Begeisterung für diesen Abend. Einer unserer neuen Freunde zeigte auf eine weitere Bar, aus der laute Musik drang und vor der sich viele Menschen drängelten. Wir beschlossen auch dieser Bar eine Chance zu geben und stellten uns in der Warteschlange vor dem Eingang an. Kristian und Peter vorne weg, ich hinterher. Die beiden wurden problemlos reingelassen und verschwanden. Leider beschloss der Türsteher mich nicht mehr reinzulassen. Ich diskutierte kurz und versuchte ihm klarzumachen, dass meine Freunde bereits drin seien und ich doch da hinterher müsse. Bin doch Tourist. Wahrscheinlich war mein Englisch so schlecht, dass er von einer weiteren Diskussion absah und mich durchließ. Kristian und Peter waren nicht zu sehen. Auch unsere neuen Bekannten waren von dem Gedränge in dem Club aufgesogen worden und waren nicht mehr zu sehen. Sobald ich den Laden endlich selber betreten hatte, wusste ich auch warum. Ich wurde von einem Strudel an Menschen erfasst und direkt in eine Polonäse gezogen, die sich wie ein Lindwurm durch den Laden schlängelte. Dank der Polonäse lernte ich den gesamten Laden kennen, der sich über erstaunliche drei Etagen erstreckte. Der Club war deutlich größer, als der erste Eindruck beim Eintreten erwarten ließ. Ich schwamm eine ganze Weile in der Polonäse mit, in der Hoffnung, irgendwann oder irgendwo ein mir bekanntes Gesicht zu entdecken. Aber von Peter und Kristian war nichts zu sehen. Der Laden war voll bis unters Dach. Es war ein einziges Gedränge und Geschiebe. Mein Platz in der Polonäse verschaffte mir tatsächlich mehr Platz, als außerhalb. Die um uns rumstehenden Menschen standen eng an eng und wer sein Bier trinken wollte, musste beim Ansetzen des Bierglases aufpassen, nicht seinem Nebenmann mit dem Ellenbogen einen Kinnhaken zu verpassen. Als sich die Polonäse wieder dem Ausgangspunkt nährte, wurde ich unerwartet von einem Arm aus dem menschlichen Wurm herausgegriffen und mit einem Bier begrüßt. Es war Peter. Er schrie mir ins Ohr, dass ihm ein ähnliches Schicksal beim Betreten der Bar widerfahren war und ebenfalls einmal die volle Runde durch die Bar mitgemacht hatte. Den Verbleib von Kristian konnte er mir auch nicht sagen. Ich war froh wenigstens einen von den beiden wiedergefunden zu haben. Langsam verflog der Urlaubsadrenalinstoß des Abends und die Erschöpfung gewann die Oberhand. Peter und ich tranken noch unser Bier und beobachteten dabei die immer noch rotierende Polonäse in der Hoffnung, irgendwann auch Kristian greifen zu können. Aber er kam nicht. Nachdem wir unsere Gläser geleert hatten, beschlossen wir uns draußen einmal umzusehen. Irgendwo musste Kristian ja schließlich stecken. Wir traten vor die Tür und eine angenehme Nachtluft empfing uns. Die frische Luft tat gut und weckte die letzten Reserven. Kaum standen wir vor dem Laden, sahen wir auch schon Kristian. Leider ging er gerade durch einen zweiten Eingang wieder in die Bar. Super, wir draußen, er wieder drin. Wir hatten nicht bemerkt, dass es zwei Eingänge zu dieser Bar gab und so mussten wir ebenfalls wieder zurück in den Laden gehen.

Das Spielchen begann von vorne. Allerdings sahen Peter und ich zu, dicht beieinander zu bleiben. Die Suche nach Kristian war nicht von Erfolg gekrönt. Er war schon wieder von dem Gedränge verschluckt und noch nicht wieder ausgespuckt worden. Wir beobachten das bunte Treiben, aber er war nicht auffindbar. Peter schlug vor, sich vor den Laden zu setzen und dort zu warten. Irgendwann musste er ja zwangsläufig wieder aus dem Laden herauskommen. Die Idee war gut und wir drängelten uns wieder durch den einen Eingang nach draußen. Wir setzten uns so auf einen der Kantsteine, so dass wir beide Ein- und Ausgänge im Blick behalten und beim Auftauchen von Kristian unmittelbar zugreifen konnten. Wir warteten. Langsam wurde es wieder hell in Bergen und der Morgen schickte seine ersten Sonnenstrahlen über die Stadt. Erstaunlicherweise entdeckten wir Kristian nicht beim Verlassen des Clubs, sondern hinter uns, mitten in der Fußgängerzone. Warum, blieb uns verschlossen, es war aber auch egal. Wir schnappten uns Kristian, bevor er uns wieder durch die Lappen ging und sprangen in das nächstbeste Taxi.

Auf dem Weg zurück aus der Stadt erzählte jeder seine Erlebnisse und es stellte sich heraus, dass wir eigentlich alle das gleiche Schicksal teilten. Alle wurden nach Betreten des Clubs von der Polonäse mitgerissen und einmal durch den ganzen Laden geschleust. Nachdem jeder von uns auf seine eigene Art und Weise den Tentakeln der Polonäse entkommen konnte, machte sich jeder auf die Suche nach den Anderen. Vermutlich drehten wir uns alle wie das Sonnensystem im Kreis umeinander und waren die ganze Zeit gar nicht so weit von einander entfernt. Aber einige Meter reichten bei dem Gedränge, um die Anderen nicht zu sehen.

Das war ein mit unfassbaren Eindrücken überladener Abend, wir hatten richtig viel Spaß, hatten wieder lustige Kontakte mit Norwegern gehabt und stellten einhellig fest - in Bergen kann man gut feiern.

# Candy Apple Red Guitar

Der nächste Tag bestand aus Wunden lecken. Der Abend in Bergen war lustig, aber auch wahnsinnig kräftezehrend gewesen. Erst gegen Mittag kam wieder ein bisschen Leben in die kleine Hütte. Nach einem uns typischen, reichhaltigen Frühstück aus Weißbrot, Frühstücksfleisch und Marmelade, sah die Welt schon wieder viel besser aus und alle fühlten sich stark genug für einen neuen Tag in Bergen. Wir hatten ja nur eine begrenzte Anzahl an Tagen hier und so musste man die Kopfschmerzen verdrängen und die Zeit in dieser wunderschönen Stadt nutzen und genießen.

Dieses Mal fuhren wir mit dem Auto in die Stadt, mit der Maßgabe nicht in irgendwelchen Kneipen zu versacken. Jeder wollte sich an diesem Tag auf eigene Faust die Stadt erobern. Jeder hatte andere Vorstellungen davon, diese Stadt zu erleben und sich auf seine eigene Art der Stadt zu nähern. Unter dieser Prämisse machte es Sinn getrennte Wege zu gehen. Wir einigten uns darauf am Hafen zu parken und von da aus loszuziehen. Nach drei Stunden wollten wir uns wieder am Auto treffen, um dann gemeinsam auf dem Rückweg zu unserer Hütte die noch nötigen Lebensmitteleinkäufe zu tätigen.

Bergen war nach der schönen, aber auch einsamen Zeit in der „Wildnis" von Norwegen eine Wohltat. Die Stadt pulsierte und war voller Leben. Ob auf dem Fischmarkt, der Brygge, rund um den Hafen im Allgemeinen, den Fußgängerzonen und selbst in den Nebenstraßen spürte man den Puls der Stadt.

Bergen ist ein Touristenmagnet. Der Fischmarkt am Hafen ist der zentrale Anlaufpunkt der Stadt. Hier halten in unmittelbarer Nähe die Reisebusse. Hier legen die Jachten an, die über das Meer den Weg nach Bergen gefunden haben. Und selbst der Bahnhof, an dem die mit der Flåmbahn aus Oslo kommenden Reisenden aussteigen, ist nicht sonderlich weit weg vom Zentrum. Von hier aus können die wichtigsten Sehenswürdigkeiten der Stadt auch von Fußkranken schnell und einfach erreicht werden. Vom Fischmarkt kann man bereits auf der gegenüberliegenden Seite des Hafenbeckens, durch die Masten und Takelagen der in zweier, bis dreier Reihen im Hafenbecken liegenden Segelboote und Jachten, die Brygge sehen. Die Deutsche Brygge. Ein Relikt aus einem vergangenen Jahrhundert. Hafenkontore, die noch die Zeit der Hanse atmen. Eine Ansammlung von Speichern die durch die Nähe zur Stadt Lübeck geprägt sind und fest in der Hand deutscher Kaufleute waren. Ein Handelsimperium, das so ziemlich jeglichen Handel rund um die Nord- und Ostsee diktierte. Die Häuser der Deutschen Brygge sind ein Weltkulturerbe von besonderer Art. Auf unserer Studienreise besuchten wir eines dieser zum Museum eingerichteten Kontorhäuser. Beeindruckend, auf wie engem Raum gelebt, gearbeitet und gelagert wurde. Alles aus Holz. Wer sich mit den Ausmaßen des großen Brandes von Hamburg beschäftigt hat und sich in etwa vorstellen kann, wie schnell ein solches Haus in Flammen aufgehen kann, ist eigentlich erstaunt, wie diese Häuser in Bergen die vergangenen Jahrhunderte so unbeschadet überstehen konnten. Ein Funke oder eine umgekippte Petroleumlampe hätten in Windeseile den gesamten Komplex den Garaus machen können. Da haben wohl bis heute alle gut auf ihre Häuser aufgepasst.

Ich begann mir meinen Weg vom Hafen weg in die Stadt zu bahnen. Ziellos. Ein Schild zeigte mir den Weg zur Fløibanen. Eine Kabelbahn die einen direkt auf den Hausberg von Bergen bringt. Ein verlockendes Angebot. Vom Floyen hat man einen exzellenten Blick über die gesamte Stadt und die bunte Inselwelt, bis zum offenen Meer. Zumindest nach den Postkartenmotiven zu urteilen, die in jedem Souvenirshop ausliegen. Ich haderte noch mit mir, entschied mich aber gegen eine Fahrt auf den Fløyen. Mir standen in diesem Moment ja nur drei Stunden zur Verfügung und ich wollte die Zeit lieber dafür nutzen, meinen begonnenen Rundgang durch die Stadt fortzusetzen und die Stadt zu Fuß zu erleben.

Ich atmete den Duft der Großstadt und beobachtete die Menschen die durch die Stadt wuselten. Ich wollte so viel wie möglich von der Stadt sehen und verließ die üblichen Touristenpfade. Ich schlängelte mich durch die Nebenstraßen, bis ich nicht mehr wusste, wo ich bin. Es war mir egal, ich wollte einfach nur die Stadt erleben, sie spüren und mich in ihr verlieren. Das ging eine ganze Weile so, bis ich schließlich vor einem kleinen Geschäft für Musikinstrumente stehen blieb und zur Abwechslung doch einmal versuchte mich zu orientieren. „Notfalls immer bergab, dann kommt man unweigerlich zum Hafen" war die Orientierungsdevise, das hatte ich mir gemerkt. Ich machte eine kleine Pause und sah mir die im Schaufenster ausgestellten Gitarren an. Mein Blick blieb an etwas Rotem hängen. Eine Gitarre in knalligem Rot schrie mich durch die Scheibe förmlich an. In ihrem aufreizenden Rot machte die Ibanez einen ausgesprochen guten Eindruck. Sie hatte es mir angetan. Sie sah gut aus und sie machte mir schöne Augen. Sie traf mich auf einer empfindlichen Saite und gab mir unmissverständlich zu verstehen, was sie wollte. Sie wollte mit mir gehen. Ich war wie elektrisiert. Ich konnte nicht nein sagen. Ich betrat den Laden, nahm die Gitarre in die Hand und schon nach dem ersten Ton hatte sie, so wie einst die Sirenen Odysseus, mich betört und meinen Willen gebrochen. Ich hatte mich in eine Sirene verliebt. Im Gegensatz zu Odysseus konnte mich allerdings keiner mehr retten. Ich war allein. Es war kein Gefährte da, der mich an eine Laterne vor der Tür des Geschäftes hätte fesseln können, um mich vor der Versuchung zu bewahren.

Die Gitarre war hinreißend, auch wenn sie offensichtlich bereits ein bewegtes Leben hinter sich hatte und hier und da leichte Spuren eines harten Musikerlebens im Lack mit sich trug. Alles an ihr war wunderschön und gerade diese Blessuren gaben ihr das besondere Etwas. Zudem versetzte sie mich mit ihren Kurven in einen tranceähnlichen Zustand. Der Verkäufer bemerkte wohl meine Begeisterung für das Instrument und sagte „Candy Apple Red!" Er sagte es, als ob er uns beide einander vorstellen wollte. „Was für eine Farbe, was für ein Name" schwelgte ich. Candy Apple Red. Sie war perfekt. Niemand sollte uns jetzt mehr trennen. Ich gab wie selbstverständlich meine Kreditkarte an den netten Verkäufer und verließ mit einer E-Gitarre und einem Gitarrenkoffer in der Hand den Laden. Vermutlich der schnellste Gitarrenkauf in der Geschichte dieses kleinen Ladens und vermutlich auch meines Lebens. Dass ich mein Konto jetzt ordentlich in die Miesen gesetzt hatte, störte mich nicht. Noch nicht. Ich war glücklich. Jetzt musste ich nur noch lernen Gitarre zu spielen.

Ich ging mit meinem Gitarrenkoffer und stolz geschwellter Brust durch die Stadt und fühlte mich wie ein cooler Rockstar. Allein für dieses Gefühl, mit dem Koffer durch die Stadt zu gehen, war der Kauf jeden Cent wert. Nun gut, ich hätte das Gefühl natürlich auch billiger haben können, hätte ich auf die Gitarre verzichtet und nur den Koffer gekauft. Nach 500 Metern bedauerte ich fast, nicht nur den Koffer tragen zu müssen. Meine Arme wurden immer länger und die Gitarre schien immer schwerer zu werden. Nach 1.000 Metern wollte ich wirklich erfolgreicher Rockstar sein und meinen eigenen Roadie haben, der das sch**** Ding für mich zum Auto trägt. Der Weg zum Parkplatz am Hafen war weiter als gedacht und als ich endlich unser Auto erreichte, war ich schweißgebadet. Peter und Kristian warteten bereits und als sie mich erblickten, sah man ihnen förmlich das Fragezeichen ins Gesicht geschrieben. Zumindest wurde ich nicht wie ein gefeierter Rockstar begrüßt. Die erste Frage war dann auch berechtigterweise, wie wir die denn bitte mit ins Auto nehmen sollen? In diesem Moment lichtete sich bei mir der candyappleredfarbene Schleier und ich dachte zum allerersten Mal darüber nach, was ich denn da eigentlich gerade für einen Unsinn angestellt hatte. Sie hatten natürlich Recht. Ein Toyota Starlet mit drei Personen, Gepäck, Lebensmitteln und Räuchertonne hat nicht unendlich viel Platz. Mir dämmerte, dass ich irgendwie Mist gemacht hatte. Wieder einmal hatte ich mich von meinen Emotionen leiten lassen und dabei mein Gehirn auf Standby gestellt. Warum kaufte ich ausgerechnet in Norwegen eine Gitarre, die weder praktisch noch handlich war? Eigentlich hatte ich auch gar nicht das Geld dafür. Ich konnte ja noch nicht einmal Gitarre spielen. Ich überlegte mir die Blöße zu geben und den Koffer mit samt der Gitarre wieder zurück zum Laden zu schleppen und den Kauf rückgängig zu machen. Das wäre zwar peinlich, aber auch das einzig Vernünftige gewesen. Glücklicherweise fingen wir uns irgendwann alle wieder und Kristian meinte nur lapidar, da ich ja im Gegensatz zu Peter und ihm nur eine Tasche mit auf die Reise genommen habe, steht mir die Option auf eine zweite Tasche zu. Schön, wenn die Vernunft in diesem Auto keinen Platz hat. Damit war die Gitarre mit an Bord.

Auf dem Campingplatz angekommen, wurden mein neuer Koffer und ich von zwei weiteren Augenpaaren misstrauisch beäugt. Mittlerweile hatten sich Arne und Arne noch dazu gesellt und starrten mich und meinen Koffer ungläubig an.

Erst jetzt bemerkte ich, dass Arne und Arne auch den Weg nach Bergen gefunden hatten. Wie schön. Auch diese vage getroffene Verabredung in Aure vor einigen Tagen hat funktioniert.

Ihr Wagen stand neben unserer Hütte und im näheren Umkreis wollten sie wohl früher oder später dann auch ihr Zelt aufbauen. Zumindest lagen die Zeltstangen bereits ausgepackt auf unserer kleinen Holzterrasse.

„Ja, ich habe eine Gitarre gekauft. Macht das nicht jeder so im Urlaub??" erklärte ich mich den beiden gegenüber. Das Erstaunen wandelte sich in Neugierde und irgendwann saß jeder mal auf der kleinen Treppe vor unserer Hütte und schrammelte auf der Candy Apple Red Guitar herum.

A & a waren also ebenfalls gut in Bergen angekommen. Eine große Freude. Da sie gerade erst angekommen waren, gaben wir ihnen noch den guten Tipp vor Ladenschluss den Supermarkt außerhalb des Campingplatzes zu besuchen. Auf dem Campingplatz selber gab es keine Möglichkeit dann noch etwas zu essen oder zu trinken zu bekommen. Glücklich verschwanden die beiden in Richtung Ausgang des Campingplatzes. Etwas unschlüssig standen wir auf der Terrasse herum, bis Peter über die Zeltstangen stolperte, die noch immer herrlich über die Terrasse verstreut im Weg lagen. Es begann in Peter zu arbeiten. Unschlüssig stand er über die Zeltstangen gebeugt. Dann nahm er die Zeltstangen und legte diese unter das Auto von A & a ins hohe Gras. Peter dreht sich zu uns um und meinte nur „mal schauen, wie lange die beiden brauchen, um Ihre Zeltstangen wieder zu finden!" Peters kleine Rache für die mit großspurigen Verheißungen gespickte Empfehlung, die Höhle bei Aure einmal zu besuchen. Eine kleine Revanche für die nassen Füße und die enttäuschende Höhle.

Der Nachmittag verstrich und A & a verschwendeten keinen Gedanken daran endlich das Zelt aufzustellen. Keiner von den beiden vermisste die Zeltstangen oder bemerkte deren wundersames Verschwinden von der Veranda. Sehr zu unserem Ärger. Peter, Kristian & ich waren sehr auf das Ergebnis unserer kleinen Rache gespannt und das Bemerken des Verschwindens dauerte uns definitiv zu lange. Aber vorerst tat sich nichts. Unsere Geduld wurde arg strapaziert und erst gegen Abend begannen A & a endlich die Zeltstangen zu suchen. Keiner der beiden hatte sich glücklicherweise die Ablage der Stangen auf der Terrasse gemerkt und so hatten wir ein lustiges Suchspiel mit wüsten Beschimpfungen und gegenseitigen Unterstellungen. Irgendwann wurden auch wir in die Beschimpfungen mit eingebunden und merkwürdigster Taten bezichtigt. Ein Heidenspaß. Nach einer

Dreiviertelstunde war das Spektakel vorbei, aber als Rache reichte es uns allemal.

Damit waren wir mit A & a vorerst quitt und zogen uns alle zusammen für den Abend in die Hütte zurück. Bei Kartenspiel und Helge-Schneider-Hörspielen klang der Tag dann fast harmonisch aus. Klein a hat leider beim Kartenspielen immer verloren. Sein Geschimpfe war noch später aus dem mittlerweile aufgebauten Zelt heraus zu hören.

# Alkohol und seine Blüten

Auch wir nutzten den dem Campingplatz vorgelagerten Supermarkt, um uns mit Lebensmitteln und einem Feierabendbier auszustatten.

Alkohol in einem norwegischen Supermarkt zu kaufen war eine interessante Erfahrung für mich. Eigentlich bin ich es von Zuhause gewohnt in dem Supermarkt meines Vertrauens in einer der mittigen Regalreihen irgendwann feinsäuberlich aufgereiht die verschiedensten Spirituosen in allen Preisklassen und Alkoholstärken zu finden. In der näheren Umgebung stehen die Bierkisten zur sofortigen Mitnahme bereit und alles ist klar und strukturiert aufgebaut. Nährte man sich aber hier in Norwegen der Spirituosenabteilung des örtlichen Supermarktes, mutete das in den Regalen angebotene Sortiment mehr und mehr einem Besuch im Baumarkt an. Überall lagen, hingen, standen milchige Plastikeimer in verschiedenen Größen, Schläuche in verschiedenen Längen und Durchmesser. Kanister in allen Formen und verschiedenen Fassungsvermögen standen zur Auswahl. Hier waren auch verschiedene Farbmuster erhältlich, um dem zukünftigen Inhalt eine Individuelle Farbnote mit auf den Weg geben zu können. Etwas ratlos stand ich vor diesen Dingen, die ich in einem Supermarkt nicht unbedingt in dieser ausgeprägten Vielfalt erwartet hätte. Neben den Regalen wurden auch Sets, die aus den vorgenannten Gerätschaften zusammengestellt waren, angeboten. Ein Wort auf dem Verkaufsschild verstand ich dann doch. „Vin" also „Wein". Aber schlauer wurde ich auch nicht dadurch. Meine beiden weisen Miteinkäufer klärten mich auf und konnten mit ihrem angelesenen Wissen aus irgendeinem Norwegenführer punkten. „Diese Sets sind zum Ansetzen von eigenem Wein!" Ich sah die beiden etwas ungläubig an, aber sie erklärten weiter, dass ein in Tüten mitgeliefertes Trockenpräparat in den Bottichen angesetzt und mit allerlei Schnickschnack im Laufe der Zeit in Wein verwandelt wird. Die Farbe kann man frei wählen. Also etwas komplizierter als Jesus es praktiziert hat. Ich lauschte andächtig den Worten. Ich musste an das Weinregal in meinem Hamburger Supermarkt denken. Die Flaschen immer griffbereit. Wer Gäste erwartet, sollte in Norwegen also frühzeitig mit dem Ansetzen eines neuen Weines beginnen. Immerhin wird dem interessierten Heimwinzer die Anlage eines Weinbergs erspart.

Der Gärvorgang erschloss sich mir nach den Ausführungen meiner Freunde allerdings noch immer nicht und ich musste gestehen, dass ich den Geschmack des Resultats mir nicht mit dem einer „normal" produzierten Flasche Wein vom Winzer vorstellen konnte. Zudem stellt der Verkauf solcher Utensilien zum Selberpanschen für mich einen Widerspruch zur Gesetzgebung dar. Das Brennen von Alkohol ist verboten, aber Wein ansetzen nicht. Und noch einige weitere Fragen blieben unbeantwortet. Wie bekommen die eigentlich den Alkohol da rein? Wie weit kann man den Alkohol eines Weines eigentlich in die Höhe treiben, bevor er wirklich ungenießbar wird? Gibt es den Begriff „Jahrgangswein" in Norwegen? Fragen über Fragen. Norwegen zieht komische Grenzen zwischen Alkohol und Alkohol. Wir verließen den Bereich für den geneigten Heimwerkerwinzer und suchten die Bierabteilung. Auch hier wurde die gleiche Ausstattung zum Bierbrauen angeboten.

Handwerkliches Geschick wird für den selbst gemachten Alkohol in Norwegen vorausgesetzt. Mich würde ernsthaft mal eine Kellerbesichtigung bei einigen norwegischen Einfamilienhäusern interessieren. Was da wohl so an Bottichen, Kanistern und anderen Apparaturen rumstehen. Das kleine Weinlabor für Jedermann. Vor allem stelle ich mir die Herstellung dieses Weinplacebos sehr geruchsintensiv vor. Nach dem hier Gesehenen hat nach meinen vorsichtigen Schätzungen wohl fast jeder Norweger eine Destillation im Keller oder zumindest einen Wein am Gären. Gut, Roy vielleicht nicht, aber dafür kennt er wieder jemanden, der sich seinen Cognac im eigenen Keller züchtet und auch guten Gewissens an Freunde weitergibt.

Endlich fanden wir fertig gebrautes Bier in Flaschen in einem der weiter hinten stehenden Regale. Das gute Letøl lachte uns an. Das Letøl liegt mit seinem Promillegehalt knapp unter dem des Kölsch und kann in erwärmten Zustand auch als leichter Blasen- und Nierentee verwendet werden. Aber so schlecht ist das Bier gar nicht und es schont vor allem den Geldbeutel, da jeder Alkoholgehalt über diesen Werten stark besteuert wird. Norwegen hält ordentlich den Daumen drauf und fordert ansehnliche Abgaben. Wir sind dankbar, dass wir unser Bier einfach aus dem Regal heraus kaufen können. Stärkeres Bier und andere alkoholische Getränke müssen tatsächlich an einem extra Tresen in diesem Supermarkt geordert werden. Einem Vinmonopolet. Dahinter verbirgt sich ein staatlicher Laden, der den Verkauf höher promilliger Alkoholika regelt. Aber auch der Verkauf von Letøl erfolgt erst ab 18!! Schade, dass Peter seinen Personalausweis in der Hütte vergessen hatte und die Verkäuferin an der Kasse ihm sein bereits 21 Jahre während es Leben nicht abnahm. Gerne half ich ihm selbstlos in dieser misslichen Situation mit meinem provisorischen Reisepass aus und rettete Peter damit den Abend.

Mit dieser Erfahrung bezüglich der etwas anderen Handhabung mit dem Alkohol in Norwegen, ergaben auch einige Äußerungen von deutschen Campern, die wir auf einigen Plätzen gesprochen hatten, einen Sinn. Einige bezahlten ihre Standmiete für ihr Wohnmobil mit Alkohol, den sie extra dafür aus Deutschland mit über die Grenze geschmuggelt hatten. Was wiederum auch die Frage des Rasenmähermannes zu Beginn unserer Reise in Sandnessjøen nach Whiskey erklärte. Abgesehen davon, dass in unserem Auto gar kein Platz mehr für weitere Flaschen gewesen wäre, halte ich von dieser Art von Bezahlung nicht viel. Es würde doch so aussehen, als ob ich diesen, nennen wir es mal provokativ „Mangel an hartem Alkohol", ausnutzen wollte oder noch viel schlimmer, alle Campingplatzbesitzer als Alkoholiker abstempeln würde, wenn ich mit einer Flasche Wodka wedelnd in die Rezeption des Platzes gelaufen käme. Aber scheinbar halten das einige Touristen doch für möglich. Der Alkohol in Norwegen treibt schon wilde Blüten.

## Bergen bei Regen

Die Tage vergingen und A & a verließen uns irgendwann wieder, um ihre eigene Reise fortzusetzen.

Ein weiteres Treffen auf dieser Reise stand nicht mehr im Raum. Die beiden planten, von Bergen aus, den Rückweg in Richtung Oslo anzutreten und von dort mit der Fähre zurück nach Hause zu fahren. Damit trennten sich für uns mal wieder die Wege. Unsere weitere Route sollte an der Küste weiter gen Süden, in Richtung Stavanger, gehen. Es war schön die beiden getroffen zu haben. Sie brachten Abwechslung und neue Gesprächsthemen in die Runde und verschafften uns mal ein wenig Freiraum voneinander. Das tat mal ganz gut. Klein a hatte im weiteren Verlauf des kurzen Aufenthalts in Bergen dann auch noch bessere Tage beim Kartenspielen und ich glaube, dass allen dieses Zusammentreffen sehr viel Spaß gemacht hat. Wir verabschiedeten uns mit einem kleinen Tränchen im Auge von den beiden und schickten sie auf ihre weitere Reise.

A & a verabschiedeten sich im richtigen Moment von Bergen. Bisher hatten wir fantastisches Wetter in Bergen gehabt, bei dem sogar ich als Zeltmuffel in meiner Phantasie in einem Zelt hätte hausen können. Bergen kann nämlich auch anders. Nicht umsonst trägt diese Stadt den Titel „regenreichste Stadt Europas". Auch dieses Bergen durften wir kurz nach der Verabschiedung von A & a erleben. Es begann am nächsten Morgen mit einem leichten Nieselregen und steigerte sich kontinuierlich zu einem sehr nassen Dauerregen. Nach all den Unternehmungen, die wir in Bergen bereits unternommen hatten, tat diese kleine Zwangspause mal ganz gut. Es war also nicht schlimm, mal einen Tag an unsere kleine

Hütte gefesselt zu sein. Es hatte sogar etwas Gemütliches. Wir saßen in unserer Hütte mit Blick über den kleinen Campingplatz am See und sahen durch unser Fenster dem Regen beim Fallen zu. Bei diesem Wetter waren wir jetzt wieder froh in einer festen Hütte zu wohnen. Aus unserem Fenster konnten wir die Zelte unten am See sehen. Sie standen traurig im Kreis und versuchtem dem Regen Widerstand zu leisten. Allerdings muss ich zugeben, dass wir den dort stehenden Zelten erst eine echte Beachtung zukommen ließen, als eine Jugendgruppe, augenscheinlich aus Frankreich und von einem Tagesausflug kommend, auf ihre Zelte zu stürmte und erschrocken ihre nassen Schlafsäcke und Klamotten aus den Zelten zogen. Die Zelte schienen ihre besten Tage bereits lange hinter sich liegen zu haben und waren den Wassermassen von oben und mittlerweile auch von unten einfach nicht mehr gewachsen. Die Jugendlichen schleppten schlechtgelaunt ihre nassen Sachen in den Gemeinschaftstrockenraum und versuchten dort zu retten, was zu retten war. Sie taten mir irgendwie leid, aber ich fühlte mich in meiner ablehnenden Haltung Zelten gegenüber bestätigt.

Ich habe wenige, aber dafür sehr prägende Erlebnisse im Zelt gehabt. Nicht ganz unschuldig an diesen Erlebnissen war auch wieder einmal Kristian. Auf der Insel Föhr hatten wir beispielsweise einmal vergessen das Zelt zu schließen, während wir anderweitig unterwegs waren. Nach einem überraschenden Platzregen stand das Zelt knöcheltief voll Wasser. Die Nacht zählte dann auch zu den schlechteren in meinem Leben.

Bei dem Gedanken an das Wasser in unserem Zelt fröstelte ich und machte erst einmal die „Schweinelampe" über der Tür in unserer Hütte an. Ein Heizstrahler, der als Heizung diente. Dann machten wir uns ein Bier auf und hörten „Summer of ´69".

Zelten in Norwegen ist aber auch nichts für Weicheier. Wir haben Pärchen gesehen, die irgendwann getrennt voneinander geschlafen haben. Er im Zelt und sie auf der Rückbank des Autos. Gut, dass die beiden nicht mit einem Motorrad unterwegs waren. Wenn man eine Beziehung testen möchte, dann empfehle ich einen Zelturlaub in Norwegen. Für die, die es ganz genau wissen möchten, ob eine Beziehung eine Zukunft hat, empfehle ich Bergen. Wer dann noch zusammen ist, der hat seinen Partner fürs weitere Leben gefunden.

Die Franzosen hatten sich derweil in dem Gemeinschaftsraum arrangiert. Alle jung und gut drauf. Da wir kein französisch konnten, verzichteten wir auf das Angebot von Hilfestellung. Wie hätten wir auch helfen können? Die Hütte war so klein, dass wir niemanden hätten aufnehmen können. Wir standen uns ja so schon gegenseitig auf den Füßen herum. Und mit trockener Kleidung hätten wir auch nicht mehr aushelfen können. Unsere Kleidung war zwar trocken, aber mittlerweile ungewaschen und mit einer eigenen Duftnote versehen. Diese Klamotten hätte man wirklich niemandem anbieten mögen. Auch da hätte ich als Franzose diese Art der Hilfe dankend abgelehnt oder vielleicht sogar als Beleidigung empfunden. Wir beschlossen aufgrund dessen die Haltbarkeit der deutsch-französischen Freundschaft nicht auf die Probe zu stellen und hörten dann lieber noch ein wenig „Sunshine Reggae" unter unserer Wärmelampe.

# Preikestolen

Der Regen fiel zum Glück erst an unserem letzten Tag in Bergen. Entspannt verließen wir am nächsten Morgen die Stadt und schon nach wenigen Kilometern besserte sich das Wetter Zusehens und nach einigen mehr Kilometern Abstand zu Bergen, hatten wir sogar wieder Sonnenschein. So, als ob nichts gewesen wäre.

Von Bergen aus machten wir uns weiter auf die Reise nach Egersund. Hier wartete das bereits gebuchte Haus auf uns, aber einen Tag hatten wir noch bis zum vereinbarten Bezugstag und den wollten wir nutzen. Kurz hinter Stavanger suchten wir uns eine kleine Hütte für eine Nacht. Am nächsten Morgen sahen wir zu, unsere Hütte möglichst zügig zu reinigen, um so viel Zeit wie möglich an diesem Tage für etwas ganz Besonderes zur Verfügung stehen zu haben. Wir wollten den berühmten Preikestolen besuchen. Ein Felsplateau, das spektakulär über dem Lysefjord thront. Übersetzt heißt Preikestolen so viel wie *Predigtstuhl* und steht auf halber Höhe von Erde und Himmel. Immerhin trennen Fjord und Kanzel etwa 600 Meter. Eine Kapelle steht nicht dort oben. Man munkelt, dass der Name wohl durch einen Fahrgast auf einem der Schiffe, die auf dem Lysefjord verkehrten, um das Jahr 1900 geprägt wurde. Von unten gesehen, hat der Felsvorsprung wirklich etwas von einem Stuhl. Mit viel Fantasie.

Wir hatten bereits ein bisschen was über das Felsplateau gelesen, aber dann uns auch nicht mit mehr Informationen als nötig belastet. Ein Felsplateau, das über dem weniger bekannten Lysefjord thront und wie ein Balkon in luftiger Höhe anmutet. Das waren dann auch alle uns soweit bekannten Informationen. Alle weiteren

Informationen mussten von uns erst einmal vor Ort praktisch eingeholt werden.

In der kleinen Touristeninformation am Parkplatz erhielten wir weitere hilfreiche Informationen. Zum Beispiel, dass festes Schuhwerk vorteilhaft ist. Diese Information wurde von uns als unwichtig eingestuft und, um Hirnkapazitäten zu sparen, nicht weiter abgespeichert. Wir wollten Taten sprechen lassen und verließen die kleine, von Touristen überfüllte Information. Wir sind jung, dynamisch und gutaussehend. Da reichen Turnschuhe. Wieder auf dem Parkplatz suchten wir den von uns erwarteten gut ausgebauten Wanderweg und fanden nur einen recht kleinen unscheinbaren Pfad. Verunsicherung machte sich breit. So viele Touristen und nur so ein kleiner Holperweg? In Deutschland wäre bei solch einem Andrang der Weg Zweispurig angelegt worden. Das Schild am Beginn des nicht sonderlich gut ausgebauten Wanderweges sagte, „2 Stunden diese Richtung =>" und zeigte auf den besseren Trampelpfad. Damit hatten wir nicht gerechnet.

Wir waren nicht die Einzigen an diesem Tag, die das Abenteuer Preikestolen wagen wollten. Beim Betrachten der anderen Mitwanderer, kramte ich noch einmal in meinem geistigen Mülleimer nach einer der Informationen, die ich in der Touristeninformation erhalten hatte. „Festes Schuhwerk wird empfohlen!" Etwas unsicher, ob wir als Nicht-Wanderer für diesen Aufstieg mit unseren Turnschuhen passend ausgerüstet sind, betrachteten wir die anderen Wandersleut´ nochmals etwas eingehender. Wir stellten fest, es gab noch weniger sportliche und noch schlechter beschuhte Mitläufer. Socke in Sandale war auch anwesend. Durchatmen. Wir erklärten unser Schuhwerk euphorisch für geeignet. Nach einem 10minütigen noch recht angenehmen Spaziergang auf dem Weg zum Preikestolen, kamen uns sogar noch unsportlicher wirkende Menschen entgegen. Wir schlussfolgerten daraus, dass diese Leute ja den Aufstieg auch irgendwie geschafft haben müssen und das alles ja gar nicht so schlimm sein kann. Informationstafeln übertreiben doch immer. Mit neuem Selbstvertrauen folgten wir den an der Wegstrecke sporadisch angebrachten Wandermarken. Der Anfang begann wirklich vielversprechend. Leichter Anstieg, auf vernünftigem Schotterweg. Doch das änderte sich schon sehr bald. Der Weg wurde steiler und schlechter. Irgendwann konnte man nicht einmal mehr von einem Weg sprechen. Bei Schmirgelpapier würde man die Veränderung des Weges von einer recht feinen 100er Körnung, zu einer groben 15er Körnung oder noch weniger beschreiben. Es waren jetzt junge Felsen zu erklettern. An einer Stelle vor den Felsen kam es zu einem kleinen Menschenauflauf. Hier hatten sich etwas ältere Felsen zusammengetan und sich den gewillten Wanderern in den Weg gelegt. Ich musste an die Leute denken, die uns auf dem Hinweg entgegenkommen waren. An die Menschen, von denen ich angenommen hatte, dass sie trotz des wenig sportlichen Auftretens den Aufstieg zur Plattform bewältigt hatten. Ich wurde an dieser Stelle eines Besseren belehrt. Hier trennte sich jetzt Sandale von Turnschuh. Der Weg erforderte tatsächlich ein Mindestmaß an körperlicher Fitness und Körperkontrolle. Hier an den Felsen entschied sich, ob die vorgenannten Faktoren einem gegeben waren oder nicht. Hier entschied sich, wer den Weg weiter gehen kann und wer umkehren muss. Für uns stellten die Felsen zwar kein größeres

Problem dar, aber wir waren auch noch lange nicht am Ziel. Was hielt der Weg noch für Herausforderungen für uns parat?

Die Wegweiser spielten jetzt verstecken mit uns und wir mussten aufpassen, nicht von dem nicht mehr vorhandenen Wanderweg abzukommen. Der Aufstieg machte spaß und als wirklich anstrengend empfand ich ihn nicht. Es hatte mehr etwas von einer Schnitzeljagd. Irgendwann endete der Aufstieg und wir durchschritten eine felsige Ebene mit leichter Vegetation. Von dem Fjord war noch immer nichts zu sehen und ich verlor jetzt vollends die Orientierung. Eigentlich hatte ich mit einem fantastischen Blick gerechnet und nicht nur mit Felsen. Man sah nur Felsen und Himmel. Es machten sich erste Zweifel bei mir breit, ob wir noch immer auf dem richtigen Weg waren oder die Wegweiser beim Versteckspiel gewonnen hatten. Doch dann öffneten sich unvermittelt die uns umgebenden Felsen und gaben den Blick doch noch frei auf den tief unter uns liegenden Fjord. Zudem gab es plötzlich auch wieder einen Schotterweg, der sich an der Felswand entlang schlängelte. Je weiter wir dem Weg folgten, umso schmaler wurde er und irgendwann war der Pfad nur noch so breit wie eine Fußmatte. Links ging es 600 Meter nach unten – diese Information aus der Touristenauskunft hatte ich mir gemerkt – und rechts erhob sich die Felswand steil nach oben. Abgrund – Fußmatte – Felswand. Kein Geländer oder ähnliches was mich von dem Erstgenannten trennte. Einen solchen Wanderweg würde es in Deutschland vermutlich nie geben. Schon aufgrund der Regressansprüche im Falle eines Unfalls. Wobei, wenn ich hier jetzt so runter sehe, bei der Höhe stellt keiner der abgerutscht ist mehr Regressansprüche. In greifbarer Nähe lag jetzt das Plateau, man konnte die Kante schon sehen. Doch kurz vor dem Ort der Begierde war der Weg auf einem kleinen Teilstück abgebrochen. Wir drei sahen uns an. Jetzt bloß nicht darüber nachdenken. Wir wollten endlich zur Kanzel. Mit einem beherzten Sprung über die klaffende Lücke mit Blick auf 600 Meter Abgrund gelangten wir endgültig ans Ziel. Wir hatten es geschafft. Mit Turnschuhen.

Wir beruhigten uns und begannen langsam diesen skurrilen Ort zu genießen. Der Felsen ist wirklich hoch. 25 mal 25 Meter nackter Felsen ohne Geländer oder anderer Absicherung. In der Mitte der Platte klafft ein Riss. Fantastisch. Es ist ergreifend. Wann rutscht der vordere Teil des Felsens eigentlich in die Tiefe? Heute? Ich versuche meine etwas unkoordinierten Gedanken zu ordnen und zur Ruhe zur rufen. Rationelleres Denken hilft, einen solchen Ort besser auf sich wirken zulassen. Die anderen Touristen, die ebenfalls spürbar von dem Ausblick und dem ganzen Ort überwältigt waren, hegten sichtbar ähnliche Gefühle.

Hier stand ich jetzt. 600 Meter über dem Fjord. Ein leichtes Gefühl von Schwindel überkam mich. Ich ließ mich auf eine der Felskanten nieder und blickte in die Ferne. Durchatmen und realisieren, wo ich hier bin. Ein wirklich atemberaubender Ort. Das Wetter war perfekt und man konnte über die anderen Berge hinwegblicken und die unglaubliche Weite fast körperlich spüren. Ein einmaliges Gefühl durchströmte den Körper und ich fühlte mich wahnsinnig frei.

Der Blick nach unten ließ mich wieder schwindeln. Der Lysefjord lag grün schimmernd, wie ein Teppich, unter mir. Der

Aufstieg war vergessen und auch alles andere, was einen sonst so beschäftigte, wirkte hier oben unglaublich weit weg.

Der Blick von hier oben war einfach unfassbar. Ich hatte das Gefühl, meine Augen können so viel Schönheit nicht auf einmal aufnehmen oder kanalisieren. Man möchte die Augen weiter aufreißen, um noch mehr mit den Augen sehen zu können. Ich versuchte krampfhaft das Panorama, die gesamte Schönheit, wie ein großes Bild aufzusaugen und scheiterte an der punktuellen Fokussierung des Auges, das immer nur kleinste Teile des Ganzen aufzunehmen vermochte. Meine anderen Sinne versuchten ebenfalls mit dem Gesehenen mitzuhalten. Sie versuchten den leichten Wind, den Geruch, die Temperaturen mit einzuarbeiten und gaben dem Bild Tiefe und Substanz. Eine Art von Hintergrundmusik, die das Gesamtbild abrundete. Der Wind, die Sonne und die Nebengeräusche bildeten den Soundtrack, der sich im Kopf mit dem Gesehenen zu einem einmaligen Gesamterlebnis zusammensetzt. Schade, dass bis heute Fotos beim Betrachten nur bedingt das wiedergeben können, was man eigentlich tatsächlich in dem Moment der Aufnahme im Kopf hatte. Der natürliche Rahmen eines Fotos beschneidet leider zwangsläufig die Weite, die einen hier umgibt.

Hier oben auf dieser Kanzel verstand ich, was die norwegische Schauspielerin Liv Ullmann mit ihrem Satz „Norwegen ist so schön, dass es schmerzt!" meinte. Mir taten von dem Gesehenen die Augen weh, aber ich konnte den Blick noch immer nicht abwenden. Ich hatte das Gefühl, ich habe noch nicht alles gesehen.

# Egersund – Wieder nah am Fisch

Nach dem Abstieg vom Preikestolen machten wir uns auf den weiteren Weg nach Egersund. Wir hatten es nicht eilig. Das Haus war gemietet und das Versteck für den Schlüssel zum Haus, hatte uns der Vermieter ebenfalls bereits mitgeteilt. In der Dachrinne, an der linken Hausecke. Gesehen von der Auffahrt. Ein schönes Gefühl Zeit bei der Anreise zu haben und nicht auf eine freie Hütte hoffen zu müssen.

Wir erreichten nach einer für norwegische Verhältnisse unspektakulären Fahrt unser neues Zuhause in Egersund. Es war nach allem, was wir bisher an Hütten hatten, das geräumigste Haus und war tatsächlich eher ein Ferienhaus als eine Hütte. Mal eine angenehme Wohltat. Und eine ausgesprochen gute Idee zum Ende der Reise noch einmal ein solches Wohlfühlhaus zu haben.

Egersund liegt südlich von Stavanger und der Weg bis nach Kristiansand ist von hier aus nicht mehr weit. Von Kristiansand würde dann in etwa einer Woche die Fähre zurück nach Dänemark starten. Damit nährten wir uns dem Ende unserer Reise und da war uns bereits bei der Planung der Reise der gute Gedanke gekommen, zum Abschluss noch einmal ein vernünftiges Haus zu haben. Einfach zur Entspannung.

Das Haus war einfach eingerichtet, aber schön und der Ausblick von der Holzterrasse traumhaft. Das Haus kauerte zwischen zwei Felsen und der Balkon war idealerweise zum Meer ausgerichtet. Der Blick fiel zwischen den Felsen direkt aufs Meer nach Westen. Wir gratulierten uns gegenseitig zu diesem Haus und dem unschlagbar günstigen Preis. Das Haus war ein echter Schnapper.

Das Wetter war, wie eigentlich schon auf der ganzen Reise, ein Traum. Und jetzt kam noch dieses Haus dazu. Besser hätte man es wirklich nicht treffen können. Man konnte sogar direkt vom Felsen ins Wasser springen oder den Tag auf der Terrasse liegend verbringen und einfach mal gar nichts machen. Jetzt kam der Part mit der Erholung.

Wir merkten, wie wir langsam zur Ruhe kamen und unsere Batterien sich wieder aufluden. Das Haus war eine echte Wohltat für unsere strapazierten Seelen. Allerdings erklärte das Haus auch in den nächsten Tagen wie von selbst den wahrlich günstigen Mietpreis. Wir wachten eines Morgens sehr früh auf, da irgendetwas anders war in unserem Haus. Es war nicht laut oder so etwas. Das Haus war auch nicht vom Felsen gerutscht. Es stank nur einfach furchtbar. Noch furchtbarer als wir es selber schafften einen Raum zum Stinken zu kriegen. Es roch durchdringend nach Toilette. Es roch wie bei einem bevorstehenden Wetterumschwung aus einem Gully oder eine Kläranlage zwei Meter voraus bei Gegenwind. Kloake satt.

Wir drei trafen uns ziemlich gleichzeitig im Wohnzimmer. Alle hatten es gerochen und hatten für die Ursachenforschung den eigenen Schlaf abgebrochen. Im Wohnzimmer war es noch dunkel, obwohl eigentlich schon die Sonne langsam am Horizont hätte aufgehen sollen. Ich fragte, wer die Jalousien am Abend heruntergelassen hat und ging Richtung Fenster. Kristian und Peter sahen sich kurz an und sagten einstimmig „wir haben gar keine Jalousien oder Vorhänge hier im Wohnzimmer an den Fenstern!". Ich zuckte zurück und Peter suchte den Lichtschalter. Durch die

Fenster drang kaum Licht. Nur ein leichtes, ungleichmäßiges Summen erfüllte den Raum. Peter fand den Lichtschalter und wir stellten zu unserer Überraschung fest, dass die Fenster über und über mit großen dicken schwarzen Fliegen besetzt waren. Wir sahen uns jetzt alle an und ich musste unweigerlich an den Film „Die Vögel" denken. „Warum wollten die Fliegen alle ins Haus?", überlegte ich. Peter ging zur Balkontür, um sich das Schauspiel einmal genauer anzusehen. Gegen unseren Willen öffnete Peter die Tür und Kristian und ich schrien, er solle die Tür nicht aufmachen, damit die Fliegen nicht reinkommen. Zu Kristians und meinem Erstaunen, kamen die Fliegen nach dem Öffnen der Tür nicht rein, sondern flogen raus. Die Fliegen saßen gar nicht von außen an der Scheibe, sie waren bereits im Haus. Nach dem Öffnen der Tür wurde es langsam auch wieder heller im Haus. Die Fliegen verließen dankbar das Haus und ließen uns ratlos zurück. Wo kam der Gestank her und wo kamen die Fliegen her? Wieso waren sie im Haus? Fragen, die nahezu unbeantwortet blieben. Wir konnten im Laufe der nächsten Tage nur eins herausfinden. Direkt hinter unserem Haus, hinter einem Felsen, versteckte sich eine Fischfabrik, die vermutlich ihre Fischabfälle des Nachts, in welcher Form auch immer, verklappte. In der Bucht, in der wir auch schwimmen gingen. Mir wurde schlecht. Glücklicherweise war der Gestank und die damit verbundene Fliegeninvasion von der Windrichtung abhängig. Nur ein einziges weiteres Mal in dieser Urlaubswoche sahen wir uns mit dem unangenehmen Gestank und den Fliegen konfrontiert, aber da waren wir ja schon aufgeklärt.

Das Haus hielt noch ein Novum für uns bereit. Es hatte einen Fernseher. Es war zwar ein alter Röhrenfernseher, der sich auch im Museum für Telekommunikation gut gemacht hätte, aber immerhin ein Fernseher. Nach dem ersten Durchzappen verlor der Fernseher aber schnell an Reiz. Er hatte nur acht skandinavische Sender und war somit für uns nicht weiter interessant. Eines Nachts nutzte ich trotzdem den Fernseher. Als Einschlafhilfe. Das Haus hatte sich durch das permanent gute Wetter dermaßen aufgeheizt, dass nicht an Schlaf zu denken war. Das Fernsehprogramm bestand vor allem aus Nachrichtensendungen in Form von Diskussionsrunden und Dokumentationen. Wenn man den im Fernsehen geführten Gesprächen aufgrund sprachlicher Barrieren nicht folgen kann, muss man auf die angebotenen Dokumentationen ausweichen. Hier kann man wenigstens den gezeigten Bildern und Filmeinspielern etwas entnehmen und sich dabei in den Schlaf berieseln lassen. Alles bestens geeignet, um den Ruhepuls noch weiter herabzusenken. Ich machte es mir auf dem Sofa im Wohnzimmer gemütlich und blieb nach einer Weile sinnlosem Herumgezappe bei einer Tierdokumentation über Pandabären in der freien Wildbahn hängen.

Man sah einige Pandabären träge herumsitzen und auf ihren Bambusblättern herumkauen. Mir fielen langsam die Augen zu. In meinem Gehirn kramte ich nach meinem spärlichen Wissen über Pandabären und in irgendeiner geistigen Schublade fand ich einen vagen Hinweis darauf, dass ich irgendwann einmal etwas Skurriles über Pandabären gelesen hatte. Pandabären pinkeln im Handstand.

Mein müdes Gehirn begann jetzt diese wichtige Information langsam zu verarbeiten. Ich erklärte mir beim Dahindämmern selbst, dass der Grund für die etwas andere Art des Wasserlassens ein ganz einfacher ist. Pandabären markieren, wie andere Tiere auch, ihr Revier mit Urin. Soweit nichts Neues. Bei Pandabären gilt zusätzlich eine einfache Regel. Je höher die Marke an einem Baum gesetzt wird, umso mehr Körpergröße suggeriert die Duftnote. Ein sich dem Revier nähernder Fremdbär kann anhand der Höhe der Duftnote am Baum die Größe des Revierbesitzers abschätzen und denkt dann „Oh Mann, ist der Groß, mit dem lege ich mich mal lieber nicht an und bleibe fern von dem!" Also, je höher, desto besser und wenn es eben im Handstand erledigt werden muss.

Hier auf meinem Sofa, schwitzend und von Fliegen umgeben, dachte ich über dieses unglaublich wichtige Wissen nach. Langsam ergaben sich Fragen aus dem Gehabe des Pandabären. Wenn alle Pandabären das so machen, dann müsste der Eindringling das doch auch wissen und an der Höhe der Marke in etwa errechnen können, wie groß der Reviervorsteher denn tatsächlich ist? Sind Pandas so dumm? Eine weitere Frage stellte sich mir. Wenn ich im Handstand pinkeln würde, dann würde ich mir doch vermutlich selber ins Gesicht pinkeln. Was machen Pandas also anders? Ein Selbstversuch schied aus. Ich konnte keinen Handstand. Aber dieses Problem schrie förmlich nach einer praktisch angelegten wissenschaftlichen Analyse. Ich musste nur am nächsten Tag Kristian und Peter fragen, ob einer von beiden einen Handstand kann.

Ich dämmerte langsam auf meinem Sofa weg und mir fielen die Augen zu. Ich sah einen Elch aus dem Nebel des Waldes treten. Ein imposantes Tier, das, mit dem ihm vergönnten majestätischen Anmut, langsam an den Rand einer Lichtung trat. Er blieb neben einem Baum stehen, hob erhaben den Kopf und schaut sich um. Was für ein stolzer Elch. Es war still und ein Bild voller Frieden. Der Elch senkte gemächlich den Kopf und schien am Boden etwas für ihn Interessantes entdeckt zu haben. Mit einer langsamen, aber geschmeidigen Bewegung stellte er sich auf die Vorderbeine, stemmte die Hinterbeine in die Höhe in den Handstand und ... chrrrr. Endlich war ich eingeschlafen.

# Auf dem Denkfelsen

Beim Frühstück auf unserer Terrasse am nächsten Morgen, war keiner von den beiden bereit mich bei meiner Forschungsarbeit im praktischen Bereich zu unterstützen. Und da ich nicht im Handstand pinkeln und gleichzeitig beobachten konnte, schob ich diese Forschungsarbeit vorerst auf die lange Bank. Die wundersame Welt der Pandas sollte mir noch verschlossen bleiben.

Das Wetter war wie immer ein Traum. Wir beschlossen aus praktischen Gründen lieber zwei Buchten weiter von unserem Haus aus schwimmen zu gehen. Die Nähe der Fischfabrik ließ uns diese Entscheidung fällen. Wir wollten nicht zu dicht an unserer Fischfabrik ins Wasser gehen. Die Bucht auf die unsere Wahl traf, bot einen feinen Sandstrand und einen angenehm flachen Abgang ins Wasser. Und sie war Geruchsneutral. Diese Bucht versprühte nahezu mediterranes Flair. Der Strand, die Felsen, das türkis leuchtende Wasser und die Sonne.

Am Abend verzog ich mich auf einen der Felsen am Wasser. Die Sonne war im Begriff unterzugehen. Ich saß auf dem Felsen und sah der Sonne beim Untergehen zu. Ein Bilderbuch Sonnenuntergang in allen vorstellbaren Rot- und Orangetönen. Ich dachte noch einmal an Bergen zurück. Der Besuch dieser wunderbaren Stadt war wunderschön gewesen und ich stellte fest, dass diese Stadt immer einen besonderen Platz in meinem Herzen einnehmen wird. Ich musste lächeln, als ich an den Abend dachte, an dem wir die Clubs der Stadt unsicher machten. Dieses ganze Hin und Her, bis wir uns alle wiedergefunden hatten. Es war schön zu wissen, dass man mit

Freunden unterwegs ist und sich sicher sein kann, dass jeder auf den anderen aufpasst und für den anderen einsteht. Ein gutes Gefühl. Ein sicheres Gefühl.

Wir sind fast am Ende unserer letzten Woche unseres Urlaubs in Norwegen angelangt und meine Gedanken pendelten mittlerweile zwischen dem Erlebten und dem was mich zu Hause erwartete. Es sollte jetzt die Ausbildung anfangen und dann für mich die Tretmühle des Berufslebens beginnen. Wo der weitere Weg mich auch immer hinführen wird. Die Sonne stand schon tief, aber es war noch immer angenehm hell und der Felsen auf dem ich lag, gab seine über den Tag gespeicherte Wärme an mich ab.

Berufsleben. Was erwartet mich da? Ich musste an eine Begegnung im letzten Jahr denken, die sich in einer Samstagnacht irgendwo in Hamburg, in etwa so abgespielt hatte:

„Um 2 Uhr fährt der nächste Nachtbus" rief mir eine Stimme aus dem Wartehäuschen zu. Dank der Auskunft hatte sich meine Suche auf dem für die schlechte Beleuchtung viel zu klein geschriebenen Fahrplan erübrigt. Oder lag es an meinem Brummschädel? Ich war auf einem Konzert in einem kleinen Musikladen am anderen Ende der Stadt gewesen. Bier, Zigaretten und die laute Musik wirkten noch in meinem Kopf nach. Die Füße taten mir weh. Die U-Bahn hatte mich bis hierhergebracht und jetzt wollte ich eigentlich den nächsten Bus zu meinem Bett nehmen. Noch eine halbe Stunde, bis der Bus kommt. Ich rollte mit den Augen. Meine Barschaft bestand nur noch aus 6,84 EURO. Das reichte nicht einmal ansatzweise, um mir ein Taxi zu gönnen. Für den Bus hatte ich wenigstens eine Monatskarte. Ich blickte zu dem Wartehäuschen, aus dem mir meine Zwangspause mitgeteilt worden war. Auf der Bank saß ein älterer gepflegter Herr in blauem Sakko und brauner Cordhose, der mich mit einem verschmitzten Lächeln und aus wachen Augen musterte. Die Hände locker im Schoß verschränkt und ein Bein lässig über das andere geschlagen. Ich ging auf ihn zu, um mich neben ihm auf die Bank zu setzen. Meine Beine waren schwer und noch länger rumstehen erschien mir als unnötige Quälerei. Ich setzte mich zu ihm und bedankte mich knapp für die Auskunft. Der Anzug war eine Nummer zu groß und zeigte beim näheren Hinsehen deutliche Abnutzungsspuren. Die ehemals teuren Schuhe zeigten ebenfalls Verschleißerscheinungen. Aber der Mann schien so gepflegt, wie es ihm gerade möglich war zu sein. Unumwunden gab er zu obdachlos zu sein und, dass er hier nun die laue Sommernacht genießt. Da wir jetzt beide hier für eine halbe Stunde die laue Sommernacht genießen sollten, überlegte ich, meine letzten Münzen in zwei Bier an der ein paar Meter weiterliegenden Nachttankstelle zu investieren. Zu meinem Erstaunen lehnte er die Einladung zu einem Bier ab, nahm die Zigarette aber dafür dankend an. „Alkohol schafft eine trügerische Geborgenheit, die, für einen Obdachlosen wie mich, gefährlich werden kann", sagte er und blies den Rauch seiner Zigarette in den Nachthimmel. In mir sammelte sich der Wunsch mehr über sein Leben zu erfahren, doch ich wusste nicht, wie ich dieses diplomatisch anstellen sollte. Als ob ich meinen Wunsch bereits laut ausgesprochen hätte, begann er zu erzählen. „Ich hatte eine schöne Kindheit, ich habe nicht immer so gelebt. Ich habe eine Ausbildung zum Schifffahrtskaufmann abgeschlossen und habe mich danach umorientiert. Ich ging in die Selbständigkeit und arbeitete 60 bis 70 Stunden in der Woche. Meine Ehe scheiterte daran. Und wie es dann so kommt. „Alkohol, Burnout, Insolvenz,

Straße!" Aber er sei nicht unglücklich mit der Situation. Tagsüber sitzt er gerne im Park auf der anderen Straßenseite oder morgens hier in oder an der Bushaltestelle und beobachtet die Menschen, die jeden Tag aus dem Bus quellen und ohne nach links oder rechts zu blicken, den direkten Weg in ihre Arbeitshöhlen suchen. Er selber verdient sich manchmal ein paar EURO bei dem Café am Park mit kleinen Aufräumdiensten, wie Unkraut von der Terrasse zupfen oder ähnlichem. Er braucht nicht viel und im Winter bezieht er gerne einen von den Wohncontainern, die die Stadt als Teil des Winternotprogramms aufstellt. Das sei nicht schön, aber in Ordnung. Er sei eigentlich mit sich im Reinen. Ich fragte, ob er Kinder hat. „Früher hätte er gerne Kinder gehabt", antwortete er, jetzt sei er froh, dass es niemanden gibt, der wegen ihm ein schlechtes Gewissen haben muss.

Der Bus kommt und ich frage ihn zum Abschluss, ob er noch irgendetwas braucht. Er sagte, er ist glücklich und braucht nichts, aber die 6,84 Euro würde er trotzdem annehmen und lachte laut. Ich gab sie ihm und verabschiedete mich.

Ich winkte ihm aus dem Bus noch kurz zu, bis der Bus abfuhr. Ich blickte in die Nacht und dachte über die letzte halbe Stunde nach. Ein Gedanke drängte sich immer wieder mit ein. Ich habe noch nicht einmal angefangen zu arbeiten und zu dem Zeitpunkt waren es immer noch gute 40 Jahre bis zur Rente.

Auf meinem kleinen Felsen am Atlantik beschloss ich eine große, aufstrebende Karriere vorerst auf die lange Bank zu schieben. Erst einmal die Ausbildung und dann einen Job mit einem festen Gehalt das zum Leben reicht. Den Rest der Zeit werde ich versuchen mir so schön wie möglich zu gestalten.

Genug das Gehirn zermartert. Noch bin ich im Urlaub und beschloss zurück zum Haus zu gehen, noch ein Bier zu trinken und eine schöne letzte Runde Skat zu verlieren.

# Kap Lindesnes

Wir verließen das Haus mit einem weinenden und einem lachenden Auge. Wann hat man schon mal ein so schönes Haus, mit so vielen ungebetenen Gästen? Eine Luftveränderung tat jetzt gut. Vom Fisch hatte ich wirklich die Nase voll. Wir strebten unserer letzten Nacht in Norwegen entgegen. Noch eine letzte Nacht wollten wir im Dunstkreis von Kristiansand verbringen, um dann am nächsten Tag ausgeruht den kurzen Weg bis zur Fähre nach Hause zu fahren und diese entspannt zu besteigen.

Unterwegs passierten wir auch Kap Lindesnes, den südlichsten Punkt Norwegens und beschlossen hier einen Zwischenhalt einzulegen. Wenn man den angestrebten nördlichsten Punkt nicht erreicht- den Polarkreis hatten wir ja knapp verfehlt -, dann sollten wir wenigstens den südlichsten Punkt von Norwegen erreichen.

Ich stand jetzt an der südlichsten Spitze Norwegens. Von hier, sagte mir ein einfaches Holzschild, sind es etwa 2.500 Kilometer bis zum nördlichsten Punkt des Landes, dem Nordkap. Was für ein riesiges Land, was für eine Entfernung.

Wie viel Schönheit liegt zwischen diesen beiden Punkten. Ich befand mich hier an dem freundlich klingenden Ort „Kap Lindesnes". Der freundliche Name bedeutet so viel wie „Gefahr" oder „Landzunge, wo das Land aufhört". Also stehe ich nicht *an*, sondern *auf* Kap Lindesnes, wie ich mir zusammenreime. *Auf* einem der Felsen der Landzunge. Hinter mir erhob sich erhaben der Leuchtturm. Ein wunderschöner Leuchtturm, der auf keinem Norwegenkalender fehlen darf. Immer bereit bei Nacht und schlechter Sicht sein Licht weit über das Meer zu schicken und Schiffe sicher zu leiten. Jetzt war sein Dienst nicht von Wichtigkeit. Es war Mittag. Das Wetter war bestens und von Gefahr konnte hier nicht die Rede sein. Kaum Wind wehte hier um die Felsen und auch auf dem offenen Meer zeigten sich nur vereinzelte weiße Schaumkrönchen auf den Wellen. Der Himmel strahlte in seinem schönsten Blau und gab dem Meer seine malenswerte Farbe.

Leuchttürme haben aber auch immer ein Glück mit ihren bildschönen Standorten. Immer freie Sicht aufs Meer und es besteht nie die Gefahr, dass jemand anderes den Blick verbaut. Leuchttürme üben auf mich eine besondere Anziehungskraft aus. Sie sind der sprichwörtliche Fels in der Brandung. Die letzte Landmarke vorm offenen Meer. Immer aufrecht, immer auf Posten. Bei einigen Leuchttürmen, nicht gerade der von Kap Lindesnes, beeindruckt nicht nur das Leuchtfeuer, sondern auch der Ort an dem, unter Aufbringung größter Ingenieurskunst, solche Bauwerke entstanden sind. Man denke nur an die Leuchttürme in der Bretagne, die im offenen Meer stehen und Wind, Wetter und Brandung trotzen. Wo die Gischt der brechenden Wellen die Spitze der Türme erreichen kann. Ein Ort, der nur mit dem Schiff erreicht und auch nur auf diesem Wege wieder verlassen werden kann. Ein Arbeitsplatz, den ich an solchen Tagen nicht innehaben möchte. Aber die meisten Leuchttürme sind sowieso nicht mehr bemannt und werden heutzutage von irgendeiner warmen Amtsstube aus ferngesteuert. Der Beruf des Leuchtturmwärters ist ein stark vom Aussterben bedrohter Beruf. Das ist eigentlich schade, da wieder ein Arbeitsplatz für introvertierte und die Einsamkeit suchende Menschen wegfällt.

Man kann sich diese Landzunge aber auch bei anderen Wetterverhältnissen vorstellen. Das Skagerrak ist für seine Stürme berühmt und bei den Seefahrern mit seinen schwierigen Strömungsverhältnissen berüchtigt. Unzählige Kapitäne sind in der Passage gescheitert und haben ihr Schiff, samt Mannschaft und Ladung verloren. Genügend Unglücksfälle und Havarien sind dokumentiert und noch unzählige unbekannte Schiffswracks mehr säumen den Übergang von der Nordsee in die Ostsee. Irgendwo hinter diesem Schiffsfriedhof liegt Dänemark. Man kann fast hinübersehen. Ob man bei Nacht und klarer Sicht von hieraus die Lichtkegel der Leuchttürme von Skagen oder sogar Hirtshals sehen kann?

Die Seenotfälle werden weniger, die Schiffe besser. Trotzdem treten dieser Passage gerade private Skipper und Fischer noch immer mit einer gehörigen Portion Respekt gegenüber. An Unberechenbarkeit hat dieser kleine Engpass zwischen den Meeren nichts verloren.

Wenn ich meinen ausgestreckten Finger jetzt ein wenig weiter nach rechts wende, dann hätte ich freie Fahrt auf die offene See. Die Nordsee. Links Dänemark, auf der rechten Hand England. Dazwischen durch und ich würde den offenen Atlantik erreichen. Ein Gefühl ungeheurer Freiheit überfiel mich. Am Horizont passierte ein Frachtschiff das Skagerrak und verließ die Ostsee in Richtung Rest der Welt.

# Einmal Strand, bitte!

Da wir früh dran waren an unserem wirklich allerletzten Tag in Norwegen und die Fähre erst in ein paar Stunden ablegen sollte, legten wir noch einen Zwischenstopp kurz vor Kristiansand ein.

Der Süden Norwegens ist bekannt für seine feinen Sandstrände. Nahezu ein mediterranes Gefühl machte sich bei uns breit und ließ uns überlegen, ob wir auf der Autobahn nicht versehentlich in die falsche Richtung gefahren und jetzt irgendwo in Südfrankreich gelandet sind.

Eine Stunde an einem der Sandstrände wollten wir uns noch gönnen, bevor es endgültig hieß, Abschied zu nehmen. Der feine Sand war durch die immerzu strahlende Sonne angenehm warm. Um uns herum blühte die üppige Natur in allen Farben. Das Norwegen einen so kalten Ruf hat, ist hier eigentlich nicht ganz zu verstehen. Schon bei unserer Studienreise bekam man Tipps von klugen Leuten, die noch nie in ihrem Leben in Norwegen gewesen waren, was man alles anziehen und mitnehmen sollte, um sich gegen die herrschende Kälte und den immer anwesenden Schnee zu schützen. Ich bekam sogar den Tipp, mich nicht mit den Pinguinen anzulegen, da sie sehr spitze Schnäbel haben. Zumindest wussten die meisten, dass Norwegen auf der Nordhalbkugel liegt und Pinguinpopulationen eher selten nördlich des Äquators anzutreffen sind. Aber für manche liegt Skandinavien noch immer unter dem Eispanzer der noch immer herrschenden Eiszeit. Außer Schweden natürlich, das hat ja Pippi Langstrumpf in unseren Köpfen vom Eis befreit und den schwedischen Sommer weltweit berühmt gemacht. Wenn man nur die Lage von Norwegen auf dem Erdball als

Informationsquelle heranzieht, dann mag an diesem Glauben etwas Wahres dran sein. Bergen beispielsweise liegt auf dem gleichen Breitengrad, wie der Süden Grönlands oder Alaska, wo es bekanntermaßen tatsächlich bedeutend kälter ist, als in Norwegen. Was einen aber stutzig machen sollte ist, dass Norwegen ein wirtschaftlich und kulturell blühendes Land ist, was man von Alaska und Grönland vielleicht nicht ganz so behaupten kann. Viele vergessen bei ihren Überlegungen, bezüglich der klimatischen Bedingungen in Norwegen, dass an der Westküste der Golfstrom vorbeizieht und eine beeindruckende Wärmequelle für dieses Land darstellt. Beispielsweise sorgt er für eisfreie Häfen im Winter und im Sommer für eine, das Land überschwemmende, üppige Vegetation. Hier wachsen ja immerhin Linden und hohle Eichen. Der Hardangerfjord, mit seinen nicht ganz so stark abfallenden Berghängen, ist der Obstgarten des Landes. Es wird sogar Wein in Norwegen angebaut, der gar nicht mal so schlecht sein soll - und damit meine ich nicht den selbst angesetzten Instantwein im Keller aus den im Supermarkt käuflich zu erwerbenden Bauteilen.

Vielleicht ist es ganz gut, dass Norwegen als zu kalt gilt. Dann kommen weniger Touristen auf die Idee, hierher zu kommen. Allerdings muss ich zugeben, dass ich das Wetter auch unterschätzt habe. Auf unserer Studienreise war das Wetter durchwachsen und man war immer genötigt einen Pullover zu tragen. Auf unserer jetzigen Reise habe ich meine Pullover höchstens am Abend einmal getragen. Das Wetter war so gut, dass wir uns sogar Sonnencreme kaufen mussten. Nach den ersten Tagen in der Sonne sahen wir schon aus wie rote Hummer oder Engländer auf Mallorca.

Schade, dass wir die südliche Küstenregion nicht noch weiter erforschen können. Hier soll es noch malerischere Städtchen geben, noch schönere Strände und noch mehr Flora, in noch opulenteren Farben, als wir es bis hierher gesehen haben. Diese Region wird auch die „Riviera des Südens" genannt, was eventuell dann doch etwas überzogen ist. Aber ich nenne mich ja auch Nordmann; weil ich ja im Fjord gebadet habe. Dann dürfen die sich auch so einen tollen Titel gönnen.

Selbst der in seinen Bildern immer etwas miesepetrig wirkende Maler Edvard Munch, hat hier seine Sommerferien verbracht und sich zu fast fröhlichen Bildern inspirieren lassen. Man vergleiche nur mal den Klassiker „Der Schrei", mit „Die Mädchen auf der Brücke". Welches von diesen beiden Bildern ist wohl im Süden Norwegens entstanden?

# Abgang

Es wird Zeit ein Resümee zu ziehen. Ich sitze hier jetzt auf der Schnellfähre von Kristiansand, auf dem Weg über das Skagerrak, zurück nach Dänemark.

Die Welt rauscht an den Fenstern vorbei und es fehlt an jeglicher Seefahrerromatik. Die Fähre ist so schnell, dass man sich nur in geschlossenen Räumen aufhalten darf und auch nur kann. Der einzige Platz der einen ein wenig das "Außen" erahnen lässt, ist ausgerechnet der Raucherbereich. Hier sind die Türen nach Achtern geöffnet. Die Luftverwirbelungen, angereichert mit Abgasen und Gischt lassen einen schnell wieder den Rückzug antreten. Eine schnelle Zigarette und wieder weg. Nach so viel frischer Luft in den vergangenen Wochen stinkt einem alles. Selbst als Raucher. Norwegen ist schon nach wenigen Minuten Fahrt nur noch ein Strich am Horizont. Der Abschied von Norwegen wird von der Fährgesellschaft kurzgehalten und nicht unnötig in die Länge gezogen. Ein schneller Wink an Land und dann nichts wie rein in die Fähre. Ich suchte mir eine ruhige Ecke und kauerte mich auf einen der noch freien Sessel in einer der hinteren Reihen. Durch das fast blinde Fenster sehe ich der Welt beim Vorbeiziehen zu.

Das waren jetzt vier Wochen intensivster Eindrücke, Erlebnisse und Erfahrungen. Drei E´s die verarbeitet werden wollen und die Überlegung, was man daraus fürs Leben mitnehmen kann.

Eindrücke gab es genug auf dieser Reise. Wer wie ich aus dem norddeutschen Plattland kommt, der findet in Norwegen Dinge vor, die sämtliche bekannte Dimensionen sprengen und einen einfach mit großen Augen staunen lassen. Ich habe selten in einem Urlaub so oft staunend vor irgendwelchen Dingen gestanden, die mein Städterhirn nicht direkt verarbeiten konnte. Wo die Augen nicht mehr wussten, wo sie zuerst hinsehen sollten und einem das eigene Blickfeld als zu eingeschränkt für so viel Schönheit schien. Der erste Kontakt mit Norwegen bei der Einfahrt der Fähre in den Oslofjord, erweckte bei mir den Eindruck, eine völlig neue und mir gänzlich unbekannte Welt zu betreten. Die glatten Felsen die links und rechts aus dem Wasser steigen und friedlich in der Sonne liegen. Die kleinen Sommerhäuser in den typischen skandinavischen Rot-, Gelb,- und Blautönen, die auf jedem Felsen, der in irgendeiner Form Platz bietet, kleben wie Seepocken. Kleine Seepocken. Und die Erkenntnis, dass man große und besonders herausragende Seepocken vergeblich auf den Felsen sucht. Alles passt sich der Umgebung an und versucht nicht die Schönheit der Natur zu übertrumpfen.

Verlässt man Oslo und erreicht die Hardangervidda, so erwartet einen eine nie gesehene Weite. Eine von jeglicher Zivilisation verschont gebliebene Hochebene. Bei der mehrstündigen Fahrt durch dieses Gebiet zeugen nur einzelne Telefonmasten von einer menschlichen Anwesenheit. Aber Häuser sind selten und nur einzelne Schutzhütten säumen ab und an den Weg. So viel Weite und so wenig Zivilisation findet man sehr selten in Deutschland. Erreicht man die Fjorde Norwegens ist der Oslofjord vergessen. Die Größe, die Wucht, die Schönheit. Alles in eine unglaubliche Lieblichkeit und Eleganz gebettet, was einen im Sommer gerne mal die umso härtere Wirklichkeit im Winter vergessen lässt. Man fühlt sich klein. Klein und auch ein wenig dieser riesigen Naturgewalt mit seinen Bergen und Fjorden ausgeliefert. Norwegische Fjorde sind so gewaltig, dass sie ihr eigenes Wetter haben. Zwischen den Berghängen können sich Tage lang Wolken festsetzen und das Wetter bestimmen. Einige Hundert Meter weiter kann in dieser Zeit die Sonne scheinen und ein Tal weiter der Schnee fallen.

Für jemanden aus dem Flachland, der zum ersten Mal diesen Giganten gegenübersteht, wird sich die geologische Verwandtschaft zu den lächerlich unspektakulär wirkenden deutschen Förden und den dänischen Fjorden nicht auf Anhieb erschließen.

Kommt man später an die Küste, wird man von der schroffen Schönheit der zerklüfteten Uferlinie und dem weiten Meer empfangen. Man staunt über die Vielzahl der Insel und Inselchen, die sich im Wasser drängeln. Bewundernd wird man feststellen, dass fast alle Inseln, ob bewohnt oder unbewohnt, mit kleinen Brücken, größeren Brücken und beeindruckenden Brücken miteinander verbunden sind. Hamburg ist für seine Vielzahl an Brücken berühmt, aber dieses Brückenband, was sich wie ein fallengelassenes Satinband über die Inseln gelegt hat, lässt alles bisher Gesehene vergessen. Wen das noch immer nicht mit Staunen in den Augen zurücklässt, der wird spätestens beim Einkauf über die Preise in der Obst- und Gemüseabteilung staunen. Der Preis einer Salatgurke kann den Preis einer Currywurst, mit Pommes und einem kleinen Bier dazu, in Deutschland erreichen.

In mitten dieser Eindrücke haben wir gelebt und unzählige Erlebnisse gesammelt. Sei es beim Angeln, Kartenspielen oder Autofahren. Immer gab es Situation in denen man sich der

Gegebenheit stellen musste und diese mal mehr, mal weniger souverän meisterte. Spätestens bei den sprachlichen Barrieren kam es immer wieder zu abstrusen Situationen, die einen zum Lachen brachten oder manchmal auch einen schier verzweifeln ließen. Bei mir war es der Fisch, der mir nach den ersten zwei Wochen zu den Ohren wieder rauskam und mir mit jedem Tag mehr Überwindung abverlangte ihn zu genießen. Das i-Tüpfelchen bildeten dann die Makrelen aus der Räuchertonne, die wir im Übrigen nur einmal im gesamten Urlaub genutzt haben. Schön, dass sie dabei war. Die Makrelen waren bestimmt ein Festessen für Fischkenner. Ich wollte einfach nur noch weglaufen. Soviel Akvavit hätte ich gar nicht trinken können, um das Fett dieser Fische im Magen zu absorbieren. Trotzdem hat man immer einen Weg gefunden weiter zu kommen. Wir haben zu dritt vier Wochen auf engstem Raum zusammengelebt und uns irgendwie arrangiert. Erstaunlicher Weise sind wir immer noch Freunde. Das hier erlernte Sozialverhalten kann man dann wohl unter der Rubrik Erfahrung abspeichern.

Norwegen ist ein Land der Superlative, aber eigentlich ist es einfach nur ein wunderschönes, bescheiden auftretendes Land, das seinen Gästen zurückhaltend einen angenehmen Aufenthalt bietet.

Dieses Land hat noch so viel mehr zu bieten. Wir haben nur einen Bruchteil davon in diesen vier Wochen uns ansehen können. Eines Tages werde ich wiederkommen und werde mir dann in aller Ruhe den Rest ansehen.

Mein Dank geht an Peter und Kristian. Danke, dass Ihr mich mit nach Norwegen genommen habt. Ein weiterer Dank geht an Arne & Arne. Es war eine Freude, Euch beide in Norwegen getroffen zu haben. Für die technische Unterstützung danke ich Jan. Ohne seiner Hilfe würde ich noch mit Kreide auf Schieferplatten rumkritzeln.

Ein besonderer Dank geht an meine Mutter. Dafür, dass sie mir die Studienreise, trotz sehr engem Budget, ermöglicht hat.

Alle in diesem Buch beschriebenen Ereignisse haben tatsächlich in irgendeiner Form so auch stattgefunden. Nicht zwingend in der Konstellation und in dem zeitlichen Ablauf. Wer, was, wann, wo und wie gesagt hat, ist nicht immer ganz wahrheitsgetreu, da es aus dem Gedächtnis heraus rekonstruiert wurde und mein altes Gehirn nicht mehr alle Details zusammenbringen konnte. Sollte ich jemandem etwas angedichtet haben, dann tut es mit jetzt schon leid und bitte um Nachsicht.

Fotos und Illustration von Sven Lepthin

Sollte jemandem dieses Buch so gut gefallen haben, dass er mehr lesen möchte, dann sei ihm noch das Buch
„Einer mäht immer den Rasen – Ein Tourist in Dänemark"
empfohlen.